# 김진명의 한국사 X파일

**초판 1쇄 발행** | 2017년 1월 17일
**초판 10쇄 발행** | 2023년 7월 15일

**지은이** 김진명
**그린이** 박상철
**발행인** 한명선

**주소** 서울시 종로구 평창길 329(우편번호 03003)
**문의전화** 02-394-1037(편집) 02-394-1047(마케팅)
**팩스** 02-394-1029
**전자우편** saeum2go@hanmail.net
**블로그** blog.naver.com/saeumpub
**페이스북** facebook.com/saeumbooks

**발행처** (주)새움출판사
**출판등록** 1998년 8월 28일(제10-1633호)

ⓒ 김진명·박상철, 2017

ISBN 979-11-87192-26-8 03810

\* 잘못된 책은 바꾸어 드립니다.
\* 책값은 뒤표지에 있습니다.

김진명 글
박상철 그림

김진명의
한국사
X파일

새움

# 역사와 취재가 없다면 내 소설도 없다

『무궁화꽃이 피었습니다』 이후 20년 넘게 소설을 써오면서, 두 가지를 놓지 않았습니다. 제 작업의 두 축이라 말해도 좋을 것입니다. 그것은 역사와 취재입니다.

작가라면 시대의 현안을 외면해서는 안 됩니다. 그리고 시대의 현안은 역사를 통해서만 드러납니다. 제가 고대사부터 현대사까지 한국사를 알기 위해 노력한 이유입니다.

그러나 역사책만으로는 역사를 알 수 없습니다. 역사의 현장을 발로 뛰며 자료를 발굴하고, 그 자료들을 상상력으로 연결하지 않으면 역사는 자신의 모습을 드러내지 않습니다. 그래서 역사의 현장을 찾아 중국과 일본을 수없이 오갔습니다.

25년에 걸쳐 취재하고 정리한 저만의 '한국사 X파일'을 이제 공개합니다. 가려진 우리 역사의 진실에 흥미를 가진 대한민국 국민들을 위해, 또 제 소설이 나오게 된 과정을 궁금해하는 독자들을 위해 그 기록을 나눌 생각입니다.

한 가지 더, 이번 책을 통해 특히 강조하고 싶은 것은 우리의 정신문화입니다.

지금 우리 사회에서 가장 중요한 가치는 돈으로 보입니다. 누구든 돈을 얘기하고, 돈 없으면 죽는다는 생각에 잡혀 무섭게 질주합니다. 질주할 도로조차 없는 이들은 멍하니 체념과 실의의 나날을 보냅니다. 그러나 돈이 과연 인생의 전부일까요?

경제지표는 떨어져도 오히려 더 따뜻하고 더 안전하며 더 행복한 사회가 있습니다. 동구의 몇몇 나라는 우리보다 소득이 한참 낮지만, 그곳 사람들은 음악, 미술에 조예가 깊고 인간에 대한 신뢰도 훨씬 높습니다. 이는 그들이 문화의 힘을 손에서 놓지 않고 있기 때문입니다.

문화란 의식과 정신을 깨우는 활동입니다. 그것은 결국 인간의 정체성을 세우고 찾는 행위입니다. 한 나라나 사회를 강력하게 받치는 힘은 경제가 아니라 문화에 있습니다.

우리는 오랜 역사를 가지고 있지만, 정신문화를 잃은 탓에 뿌리 없는 삶을 삽니다. 그러나 '우리는 누구인가?' 즉, 한국인의 정체성만큼 중요한 것은 없습니다. 제가 정치 경제 역사 문화의 영역에 걸쳐 일관되게 좇고 있는 것도 바로 그것입니다.

이번에 제 개인의 취재 기록인 『김진명의 한국사 X파일』을 특별히 만화의 형식으로 내게 된 것도 정체성의 문제를 좀더 쉽게, 좀더 많은 분들과 같이 고민해보자는 뜻입니다. 감사하게도, 그러한 문제의식으로 진행했던 카카오 스토리 펀딩에 수많은 분들이 후원자로 참여해주셨고, 그 결과 전국 도서관에도 책을 보낼 수 있었습니다.

무엇보다 25년에 걸친 제 역사 공부를 많은 분들과 나눌 수 있게 돼 기쁩니다. 이 책이 방대한 한국사로 향하는, 작지만 강력한 가이드가 되리라 믿습니다.

2017년 1월, 김진명

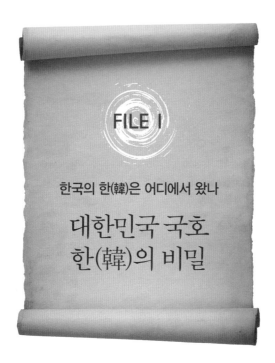

FILE I

한국의 한(韓)은 어디에서 왔나

# 대한민국 국호
# 한(韓)의 비밀

우리나라의 국명은 '한국', 정확하게는 '대한민국'이다.

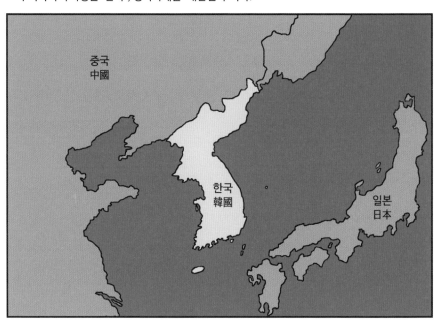

나는 아주 어렸을 때부터

이 나라 이름이 왜 한국인지,

우리가 왜 한국인인지,

그리고 이 '한(韓)'이라는 글자가 도대체 어디에서 왔는지 꼭 알고 싶었다.

그러나 시중에 나와 있는 많은 자료를 찾아봐도 '한'의 근원에 대한 확실한 설명을 찾을 수 없었다.

그래서 나는 '한'이라는 글자를 추적하기 시작했다.

가장 가깝게는 '제헌국회 회의록'에서 우리 국호를 대한민국으로 채택했다는 기록을 찾을 수 있었다.

대한민국!

그러나 보다 심원한 뿌리를 찾을 수는 없었다.

가장 처음 '한'이라는 글자를 국호에 쓴 건 대한제국이다. 왜 대한제국이라는 국호를 쓰게 되었는지는 《조선왕조실록》 중 〈고종실록〉에 잠깐 나와 있다.

삼한

대한제국

대한민국
한국
한반도

'삼한을 잇는다'는 뜻으로 대한제국이라는 국호를 택한다고 기록하고 있다. 그러니 대한제국이 뿌리가 되어 대한민국, 한국, 한반도가 되고 우리가 한국인인 것이다.

고종실록

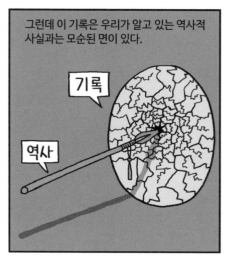

그런데 이 기록은 우리가 알고 있는 역사적 사실과는 모순된 면이 있다.

기록

역사

마한, 진한, 변한을 의미하는 삼한이란 무엇인가?

마한

진한

변한

한반도 남부에 변변히 나라다운 기록도 남기지 못하고 짧은 시간 존재하다가 백제, 신라, 가야에 병합되었다는 씨족 수준의 사회가 아닌가.

항복!

항복!

항복!

새로운 국명을 지을 때 예전에 있던 나라의 이름을 이어 쓰는 경우가 있는데,
이는 웅장하고 화려했던 과거를 계승하기 위함이다.

왕건의 고려는
만주를 호령했던
고구려를 계승한다는
의미로 지어졌다.

고구려

고려

고려 태조 왕건

조선 태조 이성계

그런데 삼한을 잇는다는 의미에서 대한제국이라고 했다면,

삼한

대한제국

삼한이 거대하고 큰 나라여야 논리에 맞는데

大

우리가 알고 있는 삼한은 한반도 남부에 위치해 있었던, 나라로 인정해 주지도 않는 작은 씨족 사회에 불과하다.

마한  진한  변한

그 당시 조선은 두만강과 압록강을 국경으로 두고 있었는데

백두산

두만강

압록강

17

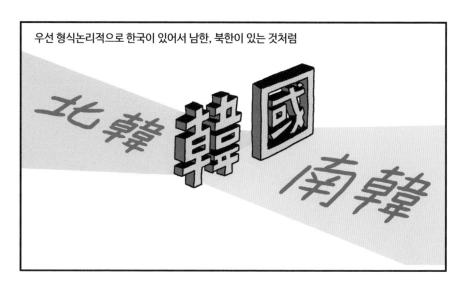

우선 형식논리적으로 한국이 있어서 남한, 북한이 있는 것처럼

마한, 진한, 변한이라는 나라도 원래 '한'이라는 원천이 있지 않을까 하는 생각을 하며 나는 중국의 역사서에 나오는 삼한이라는 국명을 찾아보았다.

삼한이라는 국명은 중국의 《한서지리지》에 나오는데 역사라든지 강역이라든지 하는 설명은 아무것도 없이 단지 그 풍습에 대해 짧게 나오는 게 하나 있고,

우리 《삼국사기》에 '마한이 백제에 병합되었다'는 정도의 내용이 있다.

이토록이나 기록이 없자 '삼한'이 되었든 '한'이 되었든 '한'이라는 글자를 반드시 찾아야겠다는 신념이 나의 가슴속 깊숙이에서 꿈틀대기 시작했다.

나는 문집이든 사서든 혹은 일개 서간이든 역사상 '한'이라는 글자의 맨 처음 기록을 찾아봐야 겠다고 작심을 하고 찾기 시작했다.

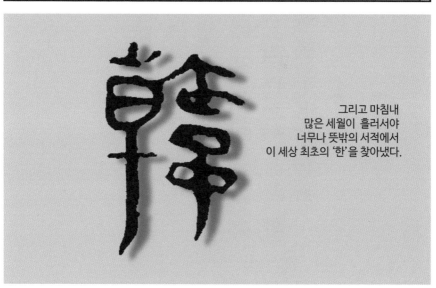

그리고 마침내
많은 세월이 흘러서야
너무나 뜻밖의 서적에서
이 세상 최초의 '한'을 찾아냈다.

놀랍게도 이 '한'이라는 글자는
중국의 사서삼경 속에 있었다.

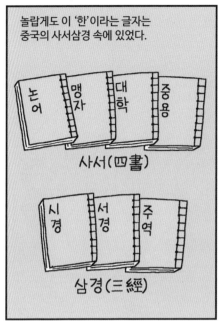

사서(四書)

삼경(三經)

사서삼경 중에서도 공자가 으뜸으로 칭하던
《시경》에 이 의미심장한 글자 '한'이 있었다.

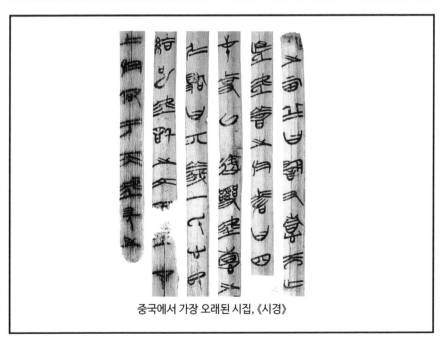

중국에서 가장 오래된 시집, 《시경》

《시경》〈한혁편〉의 '한후(韓侯)'가 그것이다. '후'는 제후, 임금이라는 뜻이다.
그러니까 '한후'라는 단어는 '한이라는 나라의 임금'이 되는 것이다.

한 후
=한나라 임금

중국인이든 한국인이든 수많은 학자들 중 이 '한후'가 어쩌면 한국인이 아닐까 생각해본 사람은 단 한 사람도 없었다.

왜냐하면 《시경》은 워낙 오래된 중국 책이기 때문이다.

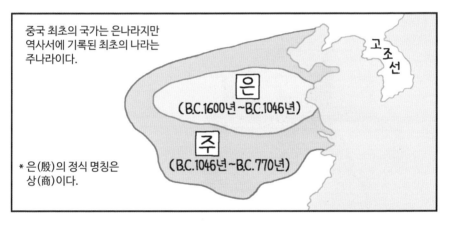

중국 최초의 국가는 은나라지만 역사서에 기록된 최초의 나라는 주나라이다.

\* 은(殷)의 정식 명칭은 상(商)이다.

고조선

은
(B.C.1600년~B.C.1046년)

주
(B.C.1046년~B.C.770년)

거기에 더해 《시경》은 주나라 초기의 책으로 중국 역사의 태동기에 나온 어마어마하게 오래된 책인 것이다.

그런데 우리는 고구려, 백제, 신라부터를 역사시대로 가르치고

고조선은 곰에게서 태어난 단군 할아버지가 다스렸다는 식의 전설로 버무려 놓고 있다.

단군 할아버지

때문에 이 까마득한 시절에 등장한 한후가 우리의 조상이라고는 아무도 생각을 못 하는 것이다.

《시경》에 나오는 한후의 나라 '한'을
공부깨나 했다는 사람들에게 물어보면
백이면 백 모두

중국 춘추전국시대의 전국 칠웅 중 하나인
'한(韓)'이라는 나라로 설명한다.

내가 답변을 들어본 수많은 교수들 역시 한결같이 이 한을 춘추전국시대의 한이라고 답변했다.

한씨 성(姓)을 쓰는 사람들조차 자신들의 성을 대부분 '나라 한'이라고 대답하는데,

나라 한

나라 한

나라한

나라한

나라 한

어느 나라 한?

그중 족보에 깊은 지식이 있는 사람들은 중국 춘추전국시대의 한이라고 대답한다.

중국 춘추전국시대의 韓!

족보

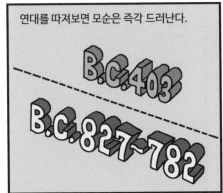
연대를 따져보면 모순은 즉각 드러난다.

B.C.403

B.C.827~782

모두가 잘못 알고 있는 것이다.

문제는 학자와 교수들이 잘못 알고 있다는 걸 확인하는 데서 해결되지 않는다.
이 한후라는 사람의 나라 한은 과연 어떤 나라인지 찾아내야 하는 것이다.

중국의 어떤 역사서를 보아도

이 '한'이라는 왕조는 춘추전국시대의 한 뿐이다.

## '한'이라는 나라는 있으되 중국의 왕조가 아니라면?

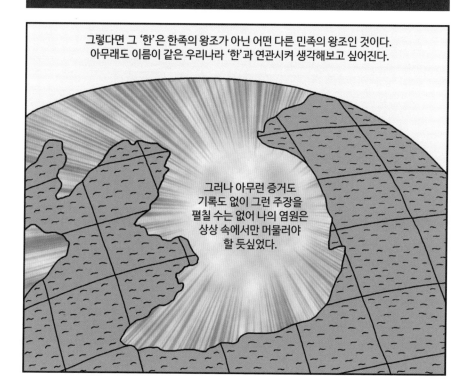

그렇다면 그 '한'은 한족의 왕조가 아닌 어떤 다른 민족의 왕조인 것이다.
아무래도 이름이 같은 우리나라 '한'과 연관시켜 생각해보고 싶어진다.

그러나 아무런 증거도
기록도 없이 그런 주장을
펼칠 수는 없어 나의 염원은
상상 속에서만 머물러야
할 듯싶었다.

그러나 천만뜻밖에도 나는 중국 동한 시대의 왕부라는 대학자가 쓴 《잠부론》〈씨성편〉에서 어마어마한 기록을 만날 수 있었다.

잠부론

사막에서 오아시스를 만난 듯!

왕부는 중국 한(漢)나라를 대표하는 대학자이다.

그의 《잠부론》은 세계의 100대 명저에 꼽히곤 하는데,

잠부론

100大
명저

〈춤부뢰〉
[씨성편]

세상의 모든 성씨

그중 〈씨성편〉은
성씨의 기원을
기록한 책으로 그는
그때까지의 모든 기록을
섭렵해 성씨의 유래를
기록해 두었다.

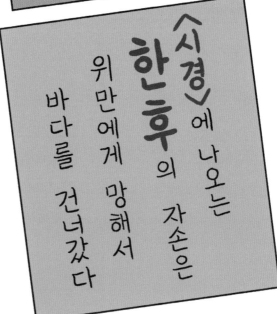

〈시경〉에 나오는
한후의 자손은
위만에게 망해서
바다를 건너갔다

〈씨성편〉에서 왕부는
한씨의 유래를
설명하고 있는데,
바로 여기에
한후가 언급되고 있다.
그대로 옮기자면

우리 국사 교과서에도 나오듯이 위만에게 망한 사람은 고조선의 준왕이다.
그리고 한후의 후손이 건너간 바다는 바로 서해이다.

여기에서 알 수 있는 사실은 고조선은 일본인들이 짜준 각본처럼 한반도 안에 갇혀
있었던 게 아니라 지금의 중국 대륙에 있었다는 것이다.

비록 위만에게
망한 한후의
후예는 고조선의
준왕이었지만

그로부터 약 800년 전에
존재했던 조상이
조선후가 아니라
한후라는 명칭을
쓴 것을 보면
고조선의 과거 국호가
'한(韓)'이었다는 걸
알 수 있다.

역사를 바로 세우는 일, 그것은 우리 국호의 유래와 의미부터 아는 일이 아닐까?
하여 첫 이야기를 국호 '한(韓)'에 대해 다루어보았다.

# FILE 2

임나일본부 조작의 역사를 파헤친다

# 광개토태왕비의
# 사라진 세 글자

광개토태왕비(호태왕비好太王碑)는 서기 414년
장수왕이 아버지 광개토태왕의 업적을 기리며 세운 비이다.

높이 6.39m의 광개토태왕비는 한국 비석 중 최대 크기로
고구려 문화의 웅장한 한 단면을 보여준다.

수백 년 세월을 압록강 건너편 중국의 지안[集安] 땅속에 묻혀 있던 이 비는
큰 비가 와 흙이 대거 쓸려나간 후 돌연 그 모습을 드러냈다.

보통 비에 비해 워낙 크고
웅장했던 이 비는 표면이
무척 거친 데다 높이는
성인 네 사람 키 정도로
탁본 뜨기가 매우 어려워
베이징[北京]에서도
희귀품으로 거래되었다.

어느 날 이 비의 탁본이
그 무렵 만주지역에서 활동하던
일본 헌병 중위 사코 가게노부
(酒勾景信)에 의해 일본 본토로
들어가게 된다. 당시 제국주의
일본은 조선을 침략하며
그 정당성을 확보하기 위해
혈안이 되어 있던 때였다.

군국주의자들에게 가게노부가 가져온 탁본은 커다란 반향을 불러일으켰다.
그들은 곧 이를 통해 '임나일본부(任那日本府)'설을 조작해내게 된다.

# '임나일본부'란 무엇인가?

## 任那日本府

일본에는 7세기경 편찬된
《일본서기》라는 책이 있다.

그 책 속에 과거 일본이
'임나'라는 나라를 지배
했었다는 기록이 나온다.

그들은 바로 이 '임나'를 광개토태왕비의 신묘년 기사에 끼워 맞춘 것이다.

문제가 되는 신묘년 기사 부분은 다음과 같다.

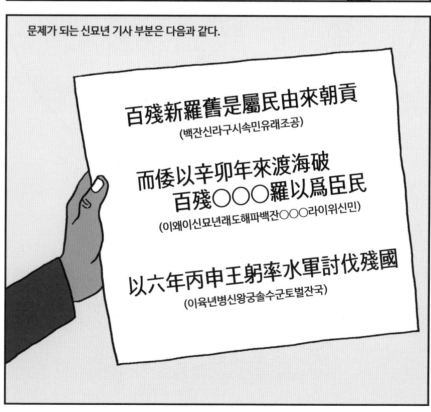

百殘新羅舊是屬民由來朝貢
(백잔신라구시속민유래조공)

而倭以辛卯年來渡海破
百殘○○○羅以爲臣民
(이왜이신묘년래도해파백잔○○○라이위신민)

以六年丙申王躬率水軍討伐殘國
(이육년병신왕궁솔수군토벌잔국)

동그라미 표시된 저 세 글자는 비에서 지워졌는데 세 글자 중 마지막 자에서 근(斤)이
보이기 때문에 신(新) 자로 해석하는 게 일반적이다.

百殘〇〇新羅

그래 놓고 보면 이 구절은 다음과 같이 되는 것이다.

而倭以辛卯年來渡海破
百殘〇〇新羅以爲臣民
(이왜이신묘년래도해파백잔〇〇신라이위신민)

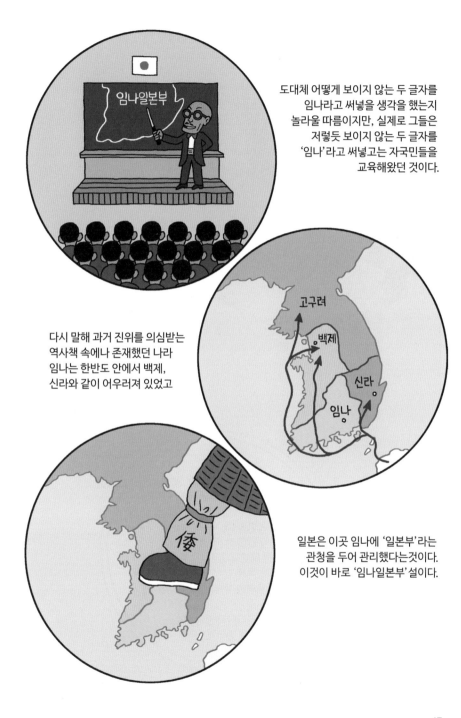

도대체 어떻게 보이지 않는 두 글자를
임나라고 써넣을 생각을 했는지
놀라울 따름이지만, 실제로 그들은
저렇듯 보이지 않는 두 글자를
'임나'라고 써넣고는 자국민들을
교육해왔던 것이다.

다시 말해 과거 진위를 의심받는
역사책 속에나 존재했던 나라
임나는 한반도 안에서 백제,
신라와 같이 어우러져 있었고

일본은 이곳 임나에 '일본부'라는
관청을 두어 관리했다는것이다.
이것이 바로 '임나일본부'설이다.

47

이러한 억지 주장에 대해,
한국의 학자들이 확실한 반대 의견을
내놓지 못했던 것은 왜가 신묘년에 바다를
건너와 무엇인가를 격파했다는 저 구절의
한자 해석이 문법이나 문장구조상 매우 자연스
러워 보였기 때문이다. (왜가 주어가 되면 파의
목적어는 백제, ○○, 신라가 된다. 한국
학자 중에는 목적어 ○○는 임나가
아니라 가야라고 해석하면서
그나마 위안을 삼는
이조차 있었다.)

한국의 사학자들이 별다른 대응을 못 하고 일본은 전후에도 교과서를 통해 임나일본부설을 전국민에게 교육하던 중, 뒤늦게 재일 사학자인 이진희 씨가 놀라운 발표를 한다(1972년).

일본이 광개토태왕비에 석회를 발라서 글자를 조작했다!

재일 사학자 ▶
이진희

이른바 **'석회도말론'**이 그것이다.

그동안 일본의 억지 주장에 제대로 대응 한번 못 하고 있던 한국의 사학자들은 그러한 발표가 나오자 환호성을 터트렸다.

와!

석회도말론!

오~

옳소!

한국의 신문에서도 이 기사를 1면 톱으로 보도하며 일본의 역사 왜곡에 대해 오랜만에 질타를 해대기 시작했다.

그 후 한국에서는 이에 대한 논문이 쏟아지는데, 여기에는 우리가 알 만한 유명 사학자 대부분이 동참했다고 해도 과언이 아니다.

소설가 최인호 씨는 이를 바탕으로 《잃어버린 왕국》이라는 소설을 쓰고, 《조선일보》는 그것을 연재할 정도였으니, 적어도 한국에서는 석회도말론이 정설로 받아들여졌던 것이다.

그런데 나는 이 석회도말론이 상식적으로 말이 안 된다고 생각했다.

이진희 씨는 여러 장의
탁본을 비교하며
來渡海(래도해)의 세 글자가
탁본마다 조금씩 다르니
일본인들이 석회를 발라
조작해냈다고 주장했지만,

석회는 물에 잘 녹는다.

백 년 전 석회를 발라
조작을 한 것이
비가 많이 오는 그곳에서
아직도 건재하다는
주장을 나로서는
믿기 어려웠던 것이다.

나는 한중 수교가 되어
중국으로 가는 길이 열리자마자
바로 지안으로 달려갔다.
그리고 직접 광개토태왕비를
확인할 수 있었다. 그땐 지금처럼
차단시설이나 감시 따위가 없어
비의 표면을 하루 종일
관찰할 수 있었다.

내가 그곳에 갔을 때는
일본이 글자를 조작했다고
주장하는 때로부터 이미
백여 년 세월이 흐른 뒤였음에도
'來渡海(래도해)'라는 세 글자는
그야말로 선명하게 남아 있었다.

역시
'석회도말론'은
엉터리였던
것이다.

53

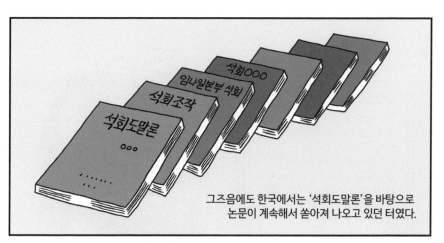

그즈음에도 한국에서는 '석회도말론'을 바탕으로
논문이 계속해서 쏟아져 나오고 있던 터였다.

그러한 주장은 오히려 일본의
역사 왜곡을 도와주고 있는 꼴이나
다름없었다. 일본으로서는
한국 측 주장대로 석회를 발라
조작한 적이 없으니 조작 사실이
없다는 강변만으로도 손쉽게
역사 왜곡의 본질을 호도할 수
있었기 때문이다.

나는 내 생각이 틀리지 않았음을 확인하고, 비 앞에서 진실을 찾겠다 결심하고 난 뒤 한국으로 돌아왔다.

그러고는 혼신의 힘을 다해 비와 관련된 남한, 북한, 일본, 중국의 자료와 서책들을 모두 조사하기 시작했다.

왕건군 ▶

이 세상 모든 연구자의 머릿속을 다 겪어보면 안 보이는 두 글자를 유추해낼 수 있다는 집념으로 자료를 뒤지기 시작했던 내 눈에 마침내 호태왕비의 중국 측 권위자인 왕건군(王建群)의 저서가 눈에 들어왔다.

왕건군은 자신의 책 말미에 참고자료들을 마이크로 필름 형태로 싣고 있었는데, 자세히 보니 그 속에 경천동지할 광개토태왕비의 저본이 담겨 있는 게 아닌가.

저본은 어떤 변화가 있기 전 맨 처음 보이는 그대로를 기록한 걸 말하는데
흔히 초본 혹은 초록이라고도 한다. 수많은 관련 서적 중 한 권이겠거니 하며 펼쳐든
그의 책 부록에 기적처럼 저본이 붙어 있었고, 그 속에는 안 보이는 글자 중
첫 자가 동녘 동(東) 자로 채워져 있었던 것이다.

▲ 왕건군의 책에서 초균덕이 남긴 비문 초록의 동(東) 자를 선명하게 볼 수 있다.

그렇다면 이 저본은 어떻게 남게 되었을까?

◀ 초균덕

저본은 초균덕(初均德)에 의해 기록되었는데, 그는 별명이 초대비라 불릴 정도로 광개토태왕비를 끼고 살았던 사람이었다.

그는 오랜 세월 땅속에 묻혀 있다 세상에 나온 광개토태왕비가 짙은 이끼에 덮여 탁본을 뜨기 힘들자 비에 말똥을 발라서 태워버렸고

이 탓에 비는 표면이 갈라지고 오랜 세월에 걸쳐 유실된 글자들에 더하여 추가로 여러 글자가 없어진 것이었다.

그러나 천만다행으로 그는 비를 태우기 전 그때까지 보였던 글자들을 종이에다가 한 자 한 자 또렷이 옮겨 적어 두었다.

그렇게 만들어진 저본을 그는 죽기 전 자신의 조카딸에게 맡겼고, 이것이 50년 이상 그녀의 다락방에 두터운 먼지를 쓴 채 방치되었다가

초균덕의 가계를 추적했던 왕건군에 의해 발견되어 마침내 그의 저서에 실리게 되었던 것이다.

오오⋯!

韓國  日本

그런데 정작 왕건군은 한일 간에 비의 해석을 두고 처절한 전쟁이 일어난 것을 누구보다 잘 알면서도 이 저본을 공개하지 않았다.

또한 그는 자신의 각종 저서에서 문제의 그 구절을 두고 자신만의 해석을 펼치면서도 이 저본에 있는 가장 결정적인

한 글자 '동(東)'을 언급하지도, 그 저본에 따라 해석하지도 않았다. 다만 그는 자신의 저서 부록에 다른 여러 자료와 함께

이 저본의 필름을 붙였는데 이것은 그의 행태로 보아 실수라고밖에는 도저히 달리 생각할 수 없다.

그렇다면 안 보이는 두 글자 중 첫 글자에 東(동)을 넣으면 비의 해석은 어떻게 되는 걸까?

# 百殘東☐☐新羅

'이왜이신묘년래도해파
백잔**임나**신라이위신민'

이라고 해서 '일본이 신묘년에 바다를
건너 백제와 임나, 신라를 쳐부수고
신민으로 삼았다'고 해석했는데,
'임나' 자리에 '동'이 들어간다면
그런 해석은 설 자리를 잃게 된다.

이왜이신묘년래도해파
백잔**임나**신라이위신민

↓

동

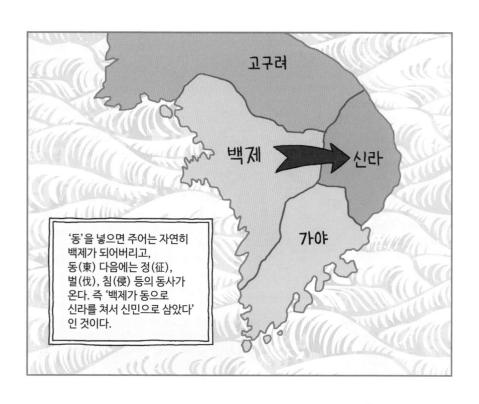

'동'을 넣으면 주어는 자연히
백제가 되어버리고,
동(東) 다음에는 정(征),
벌(伐), 침(侵) 등의 동사가
온다. 즉 '백제가 동으로
신라를 쳐서 신민으로 삼았다'
인 것이다.

그리고 이것은 그 뒤에 나오는
구절 '그래서 병신 6년에 대왕
(광개토태왕)은 수군을
거느리고 (일본이 아닌)
백제를 토벌했다'와
꼭 맞아떨어지게 되는 것이다.

어찌 되었건 東(동) 자 하나만으로도 일본의 임나일본부 조작이 드러난 셈이었다.

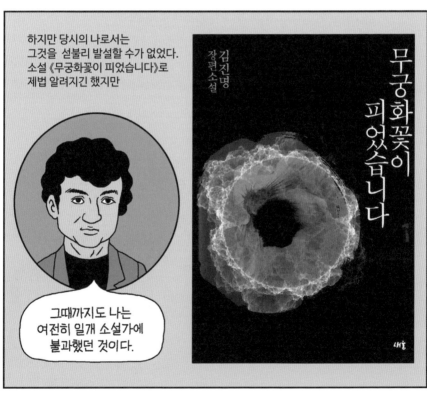

하지만 당시의 나로서는 그것을 섣불리 발설할 수가 없었다. 소설《무궁화꽃이 피었습니다》로 제법 알려지긴 했지만

그때까지도 나는 여전히 일개 소설가에 불과했던 것이다.

당시 내가 사라진 글자 중 하나가 東(동) 자라고 주장한다 한들, 그러한 주장을 일본은커녕 우리 역사학계조차 주목할 리 없었다.

하여 나는 이러한 주장을 한국과 일본 학계에 동시에 알릴 생각으로 《몽유도원》(원명 '가즈오의 나라')이라는 소설을 썼다.

그리하여 마침내 '東(동)'의 존재가 알려지면서 '석회도말론'을 주장하던 논문들은 그 주장의 근거를 잃고 서서히 자취를 감추게 되었던 것이다.

소설이 나온 후 나는
이 東(동) 자를 가지고
일본의 광개토태왕비 연구
일인자를 찾아갔다.

그때 그는 도쿄대학교의 동양사 실장(학장)을 맡고 있었는데, 그 귀한 탁본을 다섯 장이나
가지고 있었다. 그는 여봐란 듯이 탁본들을 바닥에 좍 깔며 나를 다그쳤다.

도대체 어디에
비를 조작한
흔적이 있소?

온 인생을 바쳐 광개토태왕비를 연구해온 그에게 이 동의 출현이 크나큰 충격으로 자리 잡았음을 확인한 후 나는 그의 눈을 정면으로 응시하며 물었다.

그는 한마디 말도 없이 떨리는 손으로 연거푸 세 대의 담배를 피웠다. 그러고도 한참의 시간이 지난 후 그의 입에서는 이윽고 회한에 찬 목소리가 흘러나왔다. 그리고 그 대답은 내가 기대한 이상이었다.

사실 그 자리에 임나를 집어넣는 건 맞지 않습니다.

나는 고등학교 교과서를 집필하고 있는데 내년부터 내 책에서 임나일본부를 빼고 다른 저자들에게도 권고하겠습니다.

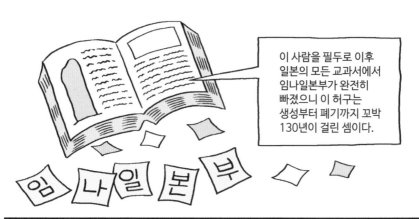

이 사람을 필두로 이후 일본의 모든 교과서에서 임나일본부가 완전히 빠졌으니 이 허구는 생성부터 폐기까지 꼬박 130년이 걸린 셈이다.

임나일본부와 같은 역사 조작은 단순한 학문의 영역에 머무르는 게 아니다. 역사 조작이 무서운 것은, 이것이 사람들의 의식을 지배하고 결국은 침략에 이르게 할 수도 있다는 점이다.

당시 군국 일본은
광개토태왕비를 악용해
임나일본부라는 말을 만들어
냄으로써 자기 땅을 되찾는다는
명분을 세웠고, 이에 따라 많은
일본인들이 우리나라를 침탈
하면서도 전혀 죄의식을 느
끼지 못했으니 말이다.

FILE 3

그날 경복궁에서는 무슨 일이 있었나

명성황후
최후의 순간

일본인 작가 쓰노다 후사코 여사는
1914년 도쿄 출생의 논픽션 작가로
어느 것 하나라도 의심이 들면 글을 쓰지 않는,
철두철미한 작가로 유명하다.

◀쓰노다 후사코

2006년 그녀는 자신의 저술이 한국인의
친절 때문에 가능했다며, 책 판매 수익금
전액을 사할린 잔류 교포에게 기부하기
위해 한국을 방문한 바 있다.

그녀는 당시 한 일간지와의 인터뷰에서 말했다.

나의 임무는 일본인에게 역사를 반성할 기초자료를 제공해주는 것입니다.

그러한 쓰노다 후사코 여사가 한국을 50번 이상 오가며 쓴 책이 《민비 암살》이다.

角田房子

閔妃暗殺

朝鮮王朝末期の国母

新潮社

이 책을 읽던 당시 무엇보다 내 눈에 와서 꽂힌 구절이 있었다.

"더욱이 민비의 유해 곁에 있던 일본인들이 같은 일본인인 나로서는 차마 묘사하기 괴로운 행위를 하였다는 보고가 있다."

쓰노다 여사는
이 구절에 나오는
'괴로운 행위'가 무엇인지는
더 이상 언급하지 않지만,
나는 그 부분을 읽는 순간
'뭔가 있구나' 하는 느낌이
본능적으로 들었던 것이다.

그때까지 명성황후의 최후는 베일에 가려져 있었다.

▲사바친

다이 장군▶

당시 경복궁에 있던 러시아인 기사 사바친과 궁중수비대 대장이었던 미국인 다이 장군의
증언이 있었지만, 그 둘 모두 일본인들에 의해 현장에서 떨어진 곳에 감금된 상태여서
직접적으로 문제의 현장을 보지는 못했던 것이다.

명성황후 시해장소

일본은 언제나 당당하게 말한다.

전 세계가 한목소리로 위안부 문제를 규탄해도, 일본은 그녀들을 돈 때문에 자발적으로 군부대를 따라다닌 몸 파는 여자들이라고 강변하고,

매춘부

당시 조선에서 끌려간 숱한 징용자들에 대해서도 월급명세서를 내보이며 돈을 벌기 위해 일본으로 온 자발적 근로자라고 우긴다.

근로자

여기에는 일본 정부를 대표로 한 정계, 교육계, 언론계가 개입되어 있기에 그러한 교육을 받은 일본 국민들은 우리가 위안부나 징용을 지적하면 오히려 화를 내는 것이다.

그런 점에서 평소 저들이 발뺌할 수 없는 팩트가 필요하다고 생각하고 있던 내게 《민비 암살》의 저 구절은 비상한 관심을 끌었던 것이다.

우선 나는 《민비 암살》을 번역한
한국교원대 김은숙 교수를 통해
쓰노다 여사에게 그 구절의
의미와 출처를 물었다.

그녀로부터는 어렵사리
사간(死姦)이라는 말이
돌아왔지만 출처는
밝히지 않았다.

출처?

나는 쓰노다 여사를 압박했고,
그녀는 마지못한 듯 여러 권의
책제목과 자료들을 열거해주었다.

어쨌든 쓰노다 여사의 말에 따르면 그러한 내용을 어디에서 보긴
했다는 것이니, 어딘가에 분명이 있긴 하겠다는 생각으로 나는
그 출처를 찾기 위해 그 방면의 책들을 섭렵해가기 시작했다.

그리고 마침내 나는 일본 사학자
야마베 겐타로가 쓴 《일한병합소사》
라는 책을 만나게 되었던 것이다.
거기에는 이런 말이 적혀 있었다.

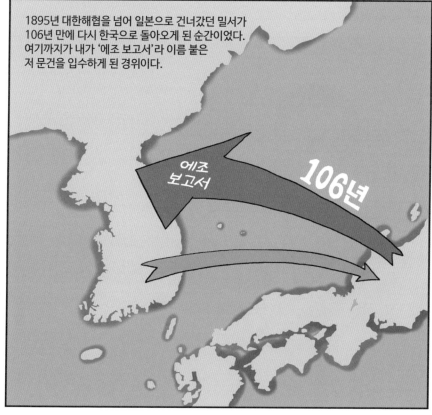

그렇다면 마침내 내 손에 들어온 '에조 보고서'는 무엇이었던가.

에조 보고서는 당시 조선 정부 내부 고문관이었던 이시즈카 에조(石塚英藏)가 명성황후 시해 사건의 실행자 '미우라 공사' 몰래 자신의 직속상관인 일본 정부 법제국 가네즈미 장관에게 보낸 보고서이다. 여기에는 '민비 사건'의 발단부터 명분, 모의자, 실행자, 외국 사신, 영향 등이 일본 고어로 상세히 기록되어 있다.

▲ 이시즈카 에조

더군다나 그 보고서의 첫 문장이 '미우라 공사에게는 배신의 극치이지만…'으로 시작된다. 이 말은 곧 이 사건을 은폐하려는 미우라 공사 몰래 보낸다는 뜻이며 따라서 어떠한 조작도 가해지지 않았다는 방증이기도 한 셈이다.

◀ 미우라 공사

"낭인들은 깊이 안으로 들어가 왕비를
끌어내 칼로 두세 군데 상처를 입히고
발가벗겨 국부검사(局部檢査)를 했습
니다. 우스우면서도 분노가 치밉니다.
마지막으로 기름을 부어 소실했는데
이 광경이 너무 참혹하여 차마 쓸 수가
없습니다. 궁내대신 또한 몹시 참혹한
방법으로 살해했다고 합니다.

野次馬連は深く內部に 入み王妃を引き
出し二三個處刃傷を及し且つ裸體とし
局部檢査 (可笑又可怒)を爲し最後に油
を注ぎ燒失せる茅誠に之を筆にするに
忍びざるなり 其他宮內大臣は頗る慘酷
なる方法を以て殺害したりと云う."
_〈이시즈카 에조 보고서〉 중에서

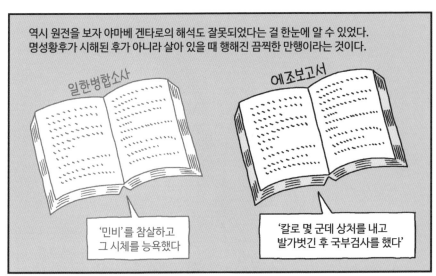

역시 원전을 보자 야마베 겐타로의 해석도 잘못되었다는 걸 한눈에 알 수 있었다.
명성황후가 시해된 후가 아니라 살아 있을 때 행해진 끔찍한 만행이라는 것이다.

일한병합소사

에조보고서

'민비'를 참살하고
그 시체를 능욕했다

'칼로 몇 군데 상처를 내고
발가벗긴 후 국부검사를 했다'

局 部 檢 査

우리는 국부검사라는 이 한 단어에서 그 실태가 어떠했으리라는 걸
미루어 짐작할 수 있는데, 과거의 역사를 한스러워 하는
쓰노다나 진보적 역사학자 야마베조차 이 끔찍한
만행을 그대로 옮길 수는 없어 '사후'라는
해석을 붙였던 것으로 보인다.
그만큼 이 사건은 인류 역사상
전례를 찾아보기 힘든
만행이었던 것이다.

쓰노다

야마베

역사학자들은 이 사건을 정치적으로 기술한다.

민비를 비롯한 민씨들이 일본을 멀리하고 러시아를 가까이하므로 일본으로서는 민비를 제거할 정치적 필요성을 느꼈다는 식이다.

하지만 다 타지 않고 남겨진 국모의 유해가 경회루의 연못과 우물에 버려져 유실됨으로써

2년 후 장례조차 빈 관을 놓고 치러졌다는 슬픈 사실에서 알 수 있듯, 명성황후 시해 현장에는 어떠한 정치도, 외교도 없었던 것이다.

이 전대미문의 사건에 대해 외국의 정부와 사절들이 거세게 항의하자 일본은 미우라 공사 이하 경복궁에 난입한 39명 전원을 체포해 히로시마 형무소에 가두고 재판을 열었다. 그 재판은 물론 눈 가리고 아웅 하는 격이었고 살해범들은 모두 무죄 판결을 받았다.

나는 이제 이 사건을 우리 나라 검찰에서 기소하고, 우리나라 법정에서 다시 재판해야 한다고 생각한다.

법리적으로 불가하다 넘길 일이 아니라 이러한 진상을 일본인들에게 제대로 알려 온갖 논리로 호도되고 있는 '조선 진출'의 본질을 직시하도록 만들어야만 하는 것이다.

덧붙이자면, 나는 이를 주제로 《황태자비 납치사건》을 썼다.

한국의 많은 독자들이 읽고 격려해 주었지만, 무엇보다 나는 일본인들에게 이 책을 읽히고 싶었다.

일본인 중에도 이런 사실을 알기만 하면 누구보다 앞서 반성하고 사죄할 줄 아는 사람들이 다수 있다고 믿었기 때문이다.

그래서 일본에서의 출판을 추진했었지만 그것은 결국, 번역까지 마쳐진 상태에서 우익의 협박으로 좌절되고 말았다.

이후 이 소설이 NHK 몇몇 PD 들의 어려운 결정에 의해 한국 어 교재로 쓰이다 하타 쓰토무 전 총리의 강력한 질타를 받고 내려졌다는 소식도 들려왔다.

하타
쓰토무 ▶

이렇듯 한일 간의 올바른 역사를 저들에게 알리는 일은 결코 쉬운 일이 아니지만 우리는 중단 없이 추진해야 한다.

올바른
역사

후쇼샤의 엉터리 역사교과서를 거부한 것도
선량한 일본의 시민들이 아니었던가.

# 朴正熙대통령 逝去

## 전국에 非常戒嚴

大統領權限대행에 崔圭夏총리 就任

車警護室長등 5명도 숨져

어제저녁7시50분경 운명

中央情報部長에서 金部長·車智澈실장 맞다투다 쏜銃에

國民동요 없도록

美, 條約의무 준수

FILE 4

대통령의 죽음, 배후는 누구인가

박정희
죽음의 진실

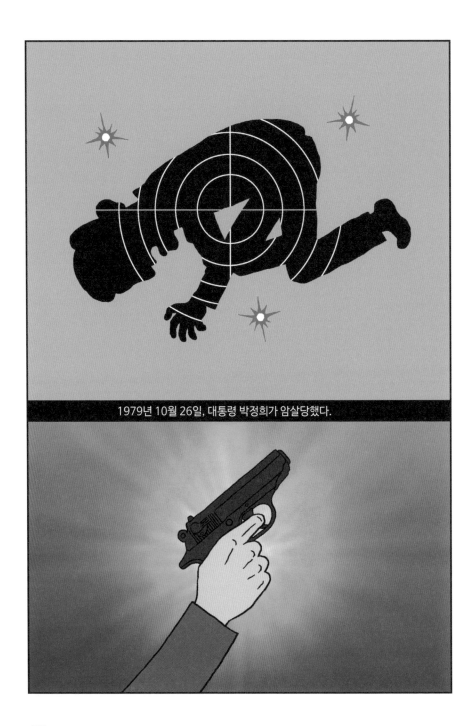

1979년 10월 26일, 대통령 박정희가 암살당했다.

당시는 내부적으로 유신체제와 긴급조치 등으로 영구집권을 획책하는 정권에 대항해
민주화 요구가 거세게 일고 있던 때였고,

외부적으로는 미국의 지미 카터 대통령이
한국에서 주한미군을 철수시키겠다는
발표를 했던 때였다.

둘 다 박정희 정권의 위기를 불러오고 있었지만 무엇보다 주한미군 철수는 당시 남북의 군사력에 비추어볼 때 한반도에 전쟁을 불러올 수도 있다는 생각 때문에 박정희를 더욱 곤혹스럽게 했다.

결국 박정희는 주한미군
철수를 철회해달라는
거듭된 요청에도 지미 카터
가 뜻을 굽히지 않자
'핵 카드'를 빼어든다.
북의 침략을 저지할 수 있는
유일한 해결책은 핵무기뿐
이니, 우리가 그것을
개발하겠다고 카터에게
타협을 시도했던 것이다.
중앙정보부장 김재규의
반란은 그즈음에 발생한다.

군사쿠데타의 2인자 김종필이 만든
중앙정보부가 박정희 체제
유지의 시금석이었음은
누구나 알고 있는 사실이다.

◀ 김종필

그렇기에 '나는 새도 떨어뜨린다'는
중앙정보부의 막강한 권력의 수장은
언제나 대통령의 심복 중 심복이면서
모든 걸 바쳐서 대통령에게 충성할 수
있다고 판단되는 자라야만 오를 수
있는 자리였다.

이 사건에 대한 합동수사본부의 당시 발표는 김재규 중앙정보부장이 안가의 소연회에서 당시 자리를 함께했던 경호실장 차지철로부터 모욕적인 발언을 듣고 순간적으로 격분해 벌인 우발적 사건으로 규정하고 있다. 그러나 합수부의 그러한 발표를 곧이곧대로 믿은 사람은 없었다. 그렇다면 합수부 발표는 어디까지가 사실이었을까?

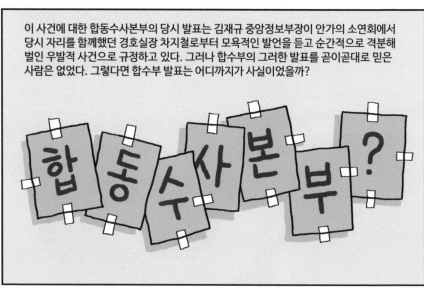

우선 그날 술자리가 마련되기까지 김재규의 스케줄을 살펴보자.

◀ 김재규 중앙정보부장

김재규는 자신의 사무실에서 경호실장 차지철로부터 걸려온 전화를 받는다.

김 부장, 각하께서 곧…

◀ 차지철 경호실장

그날은 삽교천 방조제가 완공된 날이라서 대통령이 참석해 테이프 커팅을 한 후 헬리콥터를 타고 귀경하던 중이었고, 차지철이 전화를 걸어왔던 것이다.

궁정동 안전가옥

대통령은 평소 궁정동의 안가에서 술을 마셨는데 그 안가를 중앙정보부에서 관리하고 있었다.
소연회를 준비하라는 차지철의 전화를 받은 김재규는 의전과장 박선호에게 연회 준비를 지시한다.

그리고 나서 김재규는 매우 엉뚱한 전화 한 통을 건다. 육군참모총장 정승화에게 전화를 걸었던 것이다.

정 총장, 오늘 나하고 저녁 같이합시다.

알겠소

◀ 김재규
중앙정보부장

정승화 ▶
육군참모총장

궁정동 안가에는 건물이 여러 동 있는데, 김재규는 그중 한 동에 연회를 준비시키면서 동시에 다른 옆 동에 정승화 총장을 초대했던 것이다. 대통령과 저녁 술자리가 잡힌 마당에 그는 왜 육군참모총장을 부른 것일까?

구관    나동(양옥)    가동(한옥)

111

그리고 나서 그는 다시 중앙정보부 제2차장보 김정섭에게 전화를 한다.

육군참모총장과 저녁 약속이
있었는데 갑자기 각하의 소연회
연락이 와서 자리하기 어렵게
되었으니 대신 나가주시오.

완전히 거꾸로 이야기한 것이다.

김재규

김정섭 제 2차장보

그때 김재규는 왜 육군참모총장을 불렀을까? 그건 이미 김재규가 그날 저녁에 대한
계획을 머릿속에 가지고 있었다는 증거가 아닐까?

정승화

국가에 비상사태가 발생하면 모든
힘이 육군참모총장에게 가게 되어
있다. 육군참모총장이 계엄사령관
이 되기 때문이다.

김재규의 이렇듯 준비된 행동에
미루어볼 때도 합수부의
'우발적 범행'이란 발표는
앞뒤가 맞지 않는 것이다.

여기까지는 이미 세상이 다 아는 이야기다.

그렇다면 김재규는 과연 언제부터 이 거사를 준비했던 것일까?

김재규가 왜 박정희를 죽이려 했는지 알기 위해서는 김재규라는 사람이 당시 어떤 생각을 갖고 있었고, 어떤 사람들과 접촉하고 있었는지를 살피는 게 중요할 것이다.

박정희는 김재규를 심복 중의 심복이라 생각해 중앙정보부장에 임명했는데,
어느 순간부터 김재규는 박정희와 180도 다른 생각을 품기 시작한다.

김재규는
'박정희의 핵 개발은
미친 짓이다'라고
생각하기 시작
했던 것이다.

그는 이미 미국 중앙정보국(CIA)의 요청에 의해서 박정희의 뒷조사를 해서 보고한 적이 있을 만큼 은밀하게 미국과 가까이 지내고 있었던 터였다.

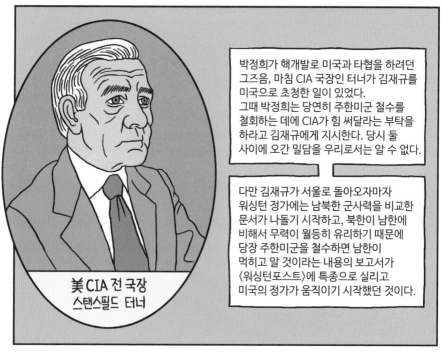

美 CIA 전 국장 스탠스필드 터너

박정희가 핵개발로 미국과 타협을 하려던 그즈음, 마침 CIA 국장인 터너가 김재규를 미국으로 초청한 일이 있었다. 그때 박정희는 당연히 주한미군 철수를 철회하는 데에 CIA가 힘 써달라는 부탁을 하라고 김재규에게 지시한다. 당시 둘 사이에 오간 밀담을 우리로서는 알 수 없다.

다만 김재규가 서울로 돌아오자마자 워싱턴 정가에는 남북한 군사력을 비교한 문서가 나돌기 시작하고, 북한이 남한에 비해서 무력이 월등히 유리하기 때문에 당장 주한미군을 철수하면 남한이 먹히고 말 것이라는 내용의 보고서가 〈워싱턴포스트〉에 특종으로 실리고 미국의 정가가 움직이기 시작했던 것이다.

김재규를 연구할 때 또 하나 주목해야 할 인물 중에는 스티브라는 자가 있다. 주한미군 중위로 한국에 부임한 CIA 요원 스티브는 미국에서 유창한 한국어 교육을 받았다. 터너는 미국을 방문한 김재규에게 이렇게 말했다 한다.

> 당신 영어가 너무 서툴다. 속내를 나누려면 영어를 해야 한다. 좋은 사람이 있으니 영어 교사로 써라. 바로 스티브라는 친구다.

스티브는 김재규에게 영어를 가르치면서 수시로 미국 주요 인사들의 생각을 김재규에게 전해준 것으로 보인다. 가뜩이나 미국을 추종하는 김재규를 스티브는 더욱더 세뇌시키고 조종했던 것이다.

이로 인해 김재규는 미국을 믿었고 미국이 자신의 뒤를 받치고 있다고 확신했기에 사건 이후 합수부의 심문을 받을 때 "내 뒤에는 미국이 있다!"고 절규했던 것이다.

핵에 대한 이견 외에 김재규가 대통령을 쏜 이유를 하나 더 찾자면 그는 당시 사회 상황에 대해서도 박정희와 완전히 다른 인식을 가졌던 것이다. 김재규는 부마사태를 진압하는 과정에 그 반정부 시위는 정부가 선전하는 좌익이나 일부 불순 노동자, 학생만이 아니고, 일반 시민과 중산층이 가담한 그야말로 엄청난 규모의 항쟁이라고 판단했다.
이후 그는 '이대로는 큰일 난다, 박정희로는 안 된다'는 신념을 갖게 되었던 것이다.

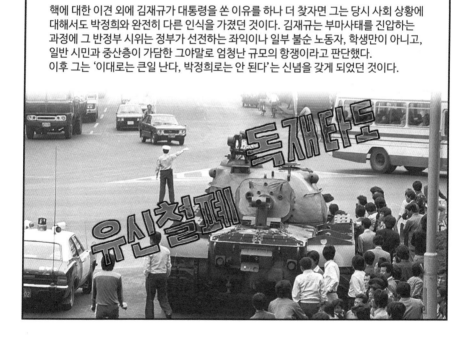

그 증거가 김재규의 쿠데타 도상연습이다. 나는 당시 중앙정보부 감찰실장으로 있던 김학호 장군으로부터 이와 같은 이야기를 직접 들었다. 감찰실장 김학호는 당시 김재규의 심복 중의 심복이었다.

◀ 김학호
중앙정보부
감찰실장

김재규

도상연습

부장과 나는 순식간에 한국을 마비시키는 연습을 골백번은 했다네. 우리 사회를 움직이는 요인 150명 가량을 밤새 연행하면 그것으로 끝난다고 생각했지. 그래서 실제 그 리스트를 뽑아서 직원들로 하여금 연행해 오는 도상연습을 펼치곤 했던 거야. 그때 신호가 뭔지 아나?

'김학호, 시작해' 였네.

그 한마디만 내게 했어도 상황은 달라졌을 텐데, 부장이 왜 뜬금없이 우리 집(중앙정보부)으로 오지 않고 육참(육군참모본부)으로 갔는지, 도저히 이해가 안 가는 일이네.

김재규는 박정희와 차지철을 죽이고 나서 육군참모총장 정승화와 같은 차를 타고 현장을 떠난다. 당연히 자신의 부하들이 기다리고 있을 중앙정보부가 있는 남산으로 가야 할 터인데, 그는 중앙정보부 100미터 앞에서 차를 꺾어 용산에 있는 육군본부 벙커로 간다.

우선 이 사실에서 우리는 그간 박정희를 제거한 후 어떻게 한다는 계획까지 철저하게 짜두었던 그가 갑자기 심경의 변화를 일으켰다는 사실을 확인할 수 있다.

이때 김재규가 자기 본거지인 중정을 놔두고 육본 벙커로 갔다면, 그것은 이미 정승화와 입을 맞추고 있었거나, 아니면 그렇듯 목숨을 건 거사를 함께할 만큼 막역한 사이였다는 것인데, 두 사람은 결코 입을 맞춘 적도, 그렇듯 막역한 사이도 아니었다는 것이 이후 세상에 밝혀진 대로다.

그렇다면 김재규가 그 중차대한 시점에 중정이 아닌 육본 벙커를 택한 이유는 무엇일까?

이 미스터리를 풀기 위해 나는 정말이지 많은 시간과 돈을 투자했다.

그리고 마침내 걸려든 정보 하나!

그것은 바로 김재규의 영어 가정교사 스티브가 문제의 10월 26일 밤 오산 미군 비행장에서 도쿄로 날아가 버렸다는 사실이었다.

스티브는 실제든 부지불식 간이든 김재규를 조종하고 컨트롤하던 인물이다. 그런 그가 10월 26일, 바로 그날 밤 한국을 떠났다는 사실이 내게는 결코 예사로워 보이지 않았다. 그와 더불어 이제 정말 이 사태의 키를 쥐고 있는 인물을 나는 확인할 수 있게 되었던 것이다.

그는 바로 당시,
주한미군 정보공작 총책임자였던
존 천(John chun)이었다.

**John chun**

그는 서울대 영문과를 다니다가
CIA에 포섭되어 미국으로 가
그곳에서 학교를 졸업하고
CIA 본부에서 교육을 받은 사람이다.

**CIA**

그가 첫 부임지인 도쿄 태평양사령부
에서 근무하는 중에 한국에서
5·16 군사 쿠데타가 발발했다.

그때 존 천에게 떨어진 임무가
한국으로 들어가서 쿠데타
주동자인 박정희가
어떤 사람인지 조사해서
보고하라는 것이었다.

당시의 박정희는 외부에서 봤을
때 그야말로 베일에 싸인 인물
이었다. 어쨌든 박정희는
남로당 당원 출신이기도
했던 것이다.

그렇게 해서 존 천은 한국으로
날아왔고, 바로 박정희를
만나게 된다.

이후 그의 증언에 따르면,
그때 박정희는 감정이 격해졌는
지 눈물까지 보이면서,
그냥 두면 내 조국 대한민국이
정말 비참한 상태로 전락하기
때문에 오로지 나라를 제대로
키워보고 싶은 애국심 하나로
봉기한 것이라고 호소했다고
한다.

# 5·16

그 눈물의 진정성이 무엇이었든 그에 감동한 존 천은 보고서에

박정희는 좌익이 아니다, 빨갱이가 아니라 반공주의자면서 나라를 걱정하는 훌륭한 군인이다. 이번 사태는 우국충정의 일념으로 벌인 일로 보인다.

결국 미국은 박정희의 군사 쿠데타를 용인했으며, 자신은 박정희의 은인 중 은인이 되었다는 것이다.

**미국, 쿠데타 용인**

이후 존 천은 아예 한국으로 배속되어 주한미군의 첩보공작 부서에 있게 된다. 물론 뿌리는 여전히 CIA였지만, 그는 차츰 승진을 해서 주한미군 정보공작 총책임자가 된다.

나는 숱한 자료 조사 끝에 이 사실을
확인하고 그를 만나봐야겠다는 생각에
사로잡히게 되었다. 그때부터 나는 다시
그를 만나보기 위해 내 모든 인맥과
정력을 쏟아부었고, 그 결과 마침내
그에게 접근을 시도할 수 있었다.

그의 소재를 찾는 것도 쉬운 일이 아니었지만
그에게 접근해 정보를 얻는 것은 정말이지
상식적인 방법으론 불가능했던 것이다.

원래 정보계통에 있던 사람은 재직 중 알게 된
비밀을 누설하면 처벌받게 된다. 처벌보다
무서운 것은 연금이 박탈되어 버리는 것이다.

존 천은 비라도 내리는 날이면 바바리코트를 입고 바에 들어가 음악과 함께 술을 즐길 정도로 낭만이 있는 사람이었다. 그는 자신의 손으로 살린 박정희를 좋아했다. 그래서 박정희를 보호하고 도우려는 마음이 있었다고 말했다.

그랬던 그가 왜 갑자기 전역을 하게 되었던 것이냐고 묻자 그는 내게 '하우스먼' 얘기를 꺼냈다. 하우스먼은 일반인은 잘 모르겠지만 주한 미군의 터줏대감으로 한국 정계에서 굉장히 유명한 사람이다.

당시 한국 정치 경제계의 내로라 하는 사람치고 이 사람과 연을 대기 위해 노력하지 않은 사람은 없다고 해도 과언이 아닐 것이다.

박정희는 말할 것도 없고 김대중, 김영삼 등도 나와 연락하고 있었지.

그날 그의 증언을 토대로 그 미스터리한 3일을 재현해본다면,

10월
25일

존 천, 어디가
안 좋아 보이네?

음, 감기 기운이
좀 있는 거 같네.

감기를 그냥 놔두면
몇 달씩 가니까 얼른
가서 주사 한 대
맞고 빨리 치료
하는 게 나아.

별것 아닌데~

아냐, 아냐.
예방 차원에서
한 대 맞으라구.

하우스먼이 거듭
권해 부대 내에
있는 병원에 간
존 천.

HOSPITAL

단지 주사를 한 대 맞았을
뿐인데, 깊은 잠에 빠지게
되고, 일어난 시점은
10월 27일 오전.

지난밤 대통령 박정희가
죽었고 난리가 나서
부대가 뒤숭숭한 상태였다.

뭐야?

박통이
피살?

네가 나한테
이럴 수 있어!

미안해,
존 천.
용서해줘.

존 천은 곧바로 전역원을
내고 미국으로
돌아가버렸다.

다
필요 없어!

그렇다면 두 사람 사이에 왜 위와 같은 이상한 대화가 오갔다는 것일까.
존 천의 증언에 따르면 둘 사이엔 앞서 밀약이 있었다는 것이다.

하우스먼은 만약 꼭 그래야만 한다면,
최후의 조치를 취하기 전에, 존 천한테
알려주기로 했고, 그러면 존 천이
청와대에 들어가 대통령과 담판을 지을
기회를 가지기로 했다는 것이다.

그런데 하우스먼은 그 약속을 저버리고
존 천을 잠들게 한 후 일을 치러버렸다.

김재규가 마지막 순간 항상 쿠데타 연습을 같이했던 김학호 장군을 끌어들이지 않았던 것과
마찬가지로 하우스먼 역시 마지막 순간 존 천을 잠재우고 일을 치렀던 것이다.

130

이제 나는 하나의 결론에
도달할 수 있었다.

김학호와 존 천, 그 둘이 각자 자신들도 이해하지 못하겠다며
내게 털어놓았던 이야기까지 종합해보면 마침내
10·26의 배후가 보이는 것이다.

결국 핵 개발을 끝까지 강행하려 했던 박정희와 그걸 막으려 했던 미국과의 충돌, 그것이 바로 10·26의 본질이 아닐까? 이것이 풀리지 않는 10·26 당일의 미스터리에 대한 내 추론이다.

Park Chung Hee

# FILE 5

김정은은 과연 일인자일까

## 북한을 지배하는
## 진짜 권력

작금의 뉴스를 종합해보면 북한의 지도자 김정은은 어린 나이에도 불구하고 그의 할아버지 김일성이나 아버지 김정일과는 비교되지 않을 정도로 흉악하고 잔인하다.

◀ 김정은

▲ 김일성

▲ 김정일

후계의 자리에 오른 이후 그는 불과 몇 년 사이에 수백 명의 고위급 간부들을 총살시키고 공포정치를 휘두르며 핵무기 개발에 주력하고 있다.

얼마 전 뉴스에서는 이인자 황병서가 김정은 앞에 꿇어앉았거나 쪼그리고 뭔가를 보고하는 영상이 공개되었고,

황병서▶

그에 앞서 인민군총참모장 현영철이 고사포 세례를 받아 처형당한 이유가 회의에서 졸았기 때문이라는 보도를 보면서 우리 국민들은 그 잔인함과 포악함에 전율마저 느꼈었다.

이에 대한 나의 생각은 많이 다르다.

북한 고위층에 확고한 정보원을 가지고 있지 못한 것은 나 역시 마찬가지지만 좀더 기민하고 합리적인 사고를 통해 지금의 북한과 김정은을 들여다보고 있노라면, 이 괴물의 존재는 실제가 아니라 포장되었을 가능성이 농후하다는 생각이 드는 것이다.

김정일의 건강이 악화돼 후계자를 정해야 했을 무렵 수면 위로 떠오른 건 김정은이 아니라 그의 두 형 김정남과 김정철이었다.

▲ 김정남

▲ 김정철

▼장성택 ▼이제강

김정은의 고모부인 장성택은 처음에
장남인 김정남을, 조직지도부의 수장 이제강은
김정철을 김정일의 후계로 밀었었다.

그러나 이후 김정남에 대해서
중국 정보계통으로부터 나쁜
정보들이 너무 많이 들어와

장성택은 고심 끝에 나이가 너무 어려 그때
까지 후계 대상에도 들지 못했던 김정은으로
말을 갈아타게 되었던 것이다.

결국 자식들을 잘 아는 아버지 김정일은 장성택의 말을 들어 유약하고 어수룩한 성격의 김정철 대신 김정은을 자신의 후계자로 내정한다.

장성택은 다음 지도자의 일등공신이 된 셈이었고, 그 직후 김정철을 밀었던 이제강은 공교롭게도 교통사고로 사망하게 된다.

북한 고위층의 죽음은 교통사고로 발표되는 경우가 잦은데, 아마 차량사고가 북한에서는
정치적 필요에 따른 살해수단으로 이용되는 것이 아닐까 추측해볼 수 있다.

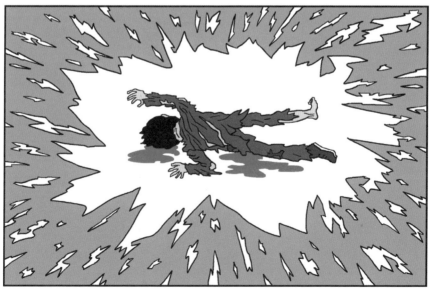

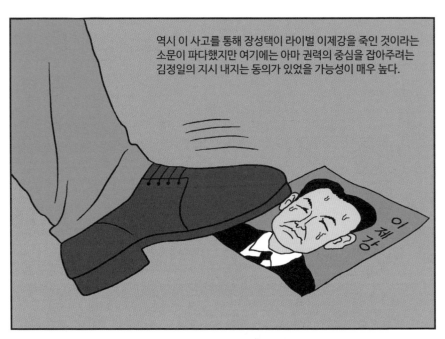

역시 이 사고를 통해 장성택이 라이벌 이제강을 죽인 것이라는 소문이 파다했지만 여기에는 아마 권력의 중심을 잡아주려는 김정일의 지시 내지는 동의가 있었을 가능성이 매우 높다.

가시적으로도 김정일은 죽기 전 장성택의 서열을 최대한 올리고 권력을 몰아주었다.

당연히 어린 김정은을 잘 보살피라는 유지였던 것이고, 과연 장성택은 김정일 사후 김정은의
승계를 잘 관장하며 이인자로서의 자리를 확고부동하게 굳히는 듯했다.

▲이영호

그런데 그는 무슨 이유인지, 당시 군부의 일인자였던 이영호 대장을 숙청하기에 이른다. 그것은 선군정치 등의 구호로 군부를 최우선으로 대우하던 김정일의 노선과도 크게 다른 것이어서 상당한 위험을 내포한 일이기도 했다.

그렇듯 장성택은 북한의 가장 강력한 두 권력, 즉 조직지도부의 수장 이제강과 군부의 일인자 이영호를 차례로 쳐냄으로써 김정은과 자신의 권력을 그 어느 때보다도 공고히 하였던 것이다.

김정은이 마식령 스키장 건설에 몰두하고 있던 어느 날, 인민군총정치국장 최룡해와 조직지도부 제1부부장 황병서, 국가안전보위부장 김원홍이 방문한다.

이들은 장성택의 비리가 엄청나니 장수길 등 심복들을 연행해 조사하고 장성택은 가택연금 해야 한다는 청천벽력 같은 소리와 함께 북한 권부의 인사 대부분이 서명한 연판장을 내놓는다.

이 연판장의 의미는 오랜 기간에 걸쳐 쥐도 새도 모르게 장성택의 제거 작업이 이루어져 왔다는 것이고, 이 작업에는 장성택 이외의 거의 모든 사람이 가담하고 있다는 얘기였다.

그야말로 김정일 사후 하늘 아래 믿을 사람은 장성택 하나밖에 없다고 생각하고 있던 김정은에게는 간담이 서늘해지는 충격이 아닐 수 없었다.

말이 건의이고 요청이지 사실 이것은 쿠데타였다. 그럴 수밖에 없는 것이 연판장을 들고 찾아간 사람들 입장에서는 만약 김정은이 거부할 경우, 그냥 고개를 숙이고 나올 수는 없는 일이었다. 상대는 천하의 장성택과 현재의 최고 권력 김정은 이었다. 그 자리에서 승부를 결정짓지 못한다면 다음은 바로 자신들의 죽음으로 이어질 게 불 보듯 뻔한 일이었다.

그때의 위협이 어떤 것이었는지
우리는 알 수 없다. 그러나 이때,
경험 없고 나이 어린 김정은은
겁을 집어먹고 굴복한
것으로 보인다.

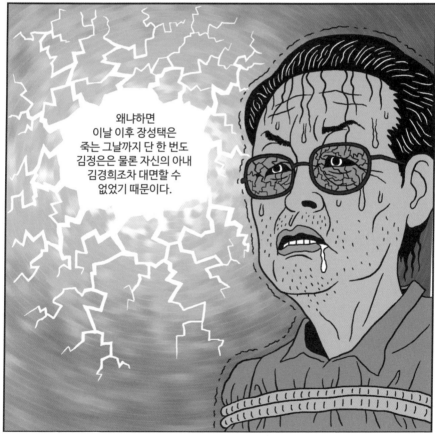

왜냐하면
이날 이후 장성택은
죽는 그날까지 단 한 번도
김정은은 물론 자신의 아내
김경희조차 대면할 수
없었기 때문이다.

물론 장성택은 참혹한 고문을 받는 내내 김정은을 만나게 해달라고 절규했지만 그의 요청은 철저히 차단되었고 전격적으로 처형에 처해지게 되었다.

처형은 기관총 소사로 집행되었고, 시체는 화염방사기에 의해 불태워졌다.

처형에 사용된 무기들이 곧 군에서 쓰이는 것들이라는 점에서 그의 죽음은 군부의 복수라는 추론이 가능해진다.

자신의 뜻과 달리 장성택을 죽음
으로 몰아갈 수밖에 없었던 허약한
김정은과 현재의 괴물같이 보이는
김정은 사이의 괴리를 우리는
어떻게 보아야 할 것인가?
위에서 설명한 것처럼 둘 중의
하나는 '진짜'가 아닐 수밖에 없다.

먼저 김정은의 약한 모습이
가짜였다고 가정해보자.

즉 장성택을 죽음으로 몰아가던
그때 역시 김정은의 힘은
막강했으며, 따라서 자신의
뜻에 따라 장성택을 처형했다고
가정해보자는 것이다.

그러면 설명할 수 없는 세 가지
치명적 모순이 발생한다.

하나는 아버지가 심어준 자신의 핏줄이자 대부인 사람을 단지 남들의 보고 하나로 한 번 만나주지도 않은 채 극형에 처했겠느냐는 것이다.

김정일

장성택

아마도 막강한 권력을 가진 김정은 이었다면 노기충천해서라도 일단은 장성택을 불러 친문을 한 후 죽이든 살리든 했을 것이라는 점이다.

또 하나는 장성택의 아내인
김경희의 증발이다.
역시 막강한 권력을 가진
김정은이었다면 혈족인
그녀가 그렇게 몰락하도록
내버려두었겠느냐는 것이다.

물론 그전에 이미 김경희를 봐서
라도 장성택을 그렇게 참혹하게
처리하지 못했을 것이다.

마지막 하나는 장성택 처형 일주일쯤 후 김정일추모대회에 나타난 김정은의 모습이다.

▲ 초점 잃은 눈, 헝클어진 머리… … 장성택 처형 직후 무거운 표정의 김정은 (출처: 조선중앙 TV)

그것은 결코 이인자를 처단하고 권력을 공고히 한 승리자의 모습이 아니었다.
오히려 고통과 고뇌로 얼룩진 패배자의 얼굴임을 짐작하기는 어렵지 않았던 것이다.

그렇다면 저 막강한
지금의 김정은 모습이
가짜라는 것인데 여기에는
어떤 설명이 가능할까.

물론 장성택을 제거한 쿠데타 세력과 김정은의 위험한 동거인 셈이다.

이것은 이미 연판장이 만들어질 때부터 그려졌던 그림으로, 쿠데타 세력은 장성택을 제거하고

김정은을 계속 일인자로 두고 북한을 통치한다는 계획을 세웠을 것으로 보인다.

김정은이 저항하며 장성택과
운명을 같이하는 길을 택하지
않는 한 그를 굳이 없앨 필요도
없었거니와, 김씨 왕조의 특성상
오히려 그를 내세우는 게 가장
이상적인 결합이라고
생각했을 것이다.

그런데 김정은이 그리 포악하지도, 막강하지도 않다면 인민군총참모장 현영철 등
군부 인사의 처형은 어떻게 보아야 할 것인가?

최근 북한에서 두드러진 현상 중 하나가 군부의 현저한 몰락이다.

김정은은 왜 아버지의 선군사상을 완전히 짓밟아 버리고 군부를 이토록 핍박하는 것일까. 의문이 들지 않을 수 없는데, 그 속을 내밀히 관찰해보면 군부를 짓밟는 주체는 김정은이 아니라 조직지도부란 것을 알 수 있다.

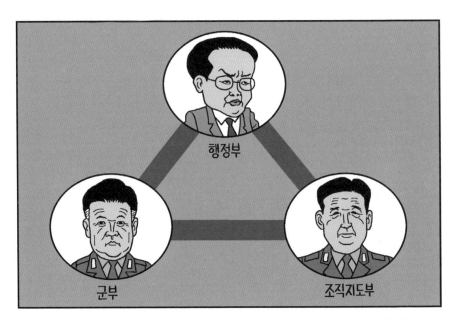

김정은이 막 후계자가 되었을 당시 북한의 권력은 삼등분되어 있었다. 장성택의 행정부와,
이영호·최룡해의 군부, 그리고 용담호혈의 조직지도부였다. 그러나 지금 와서 보면
행정부와 군부는 초토화된 반면 조직지도부 출신들은 하나같이 승승장구하고 있다.

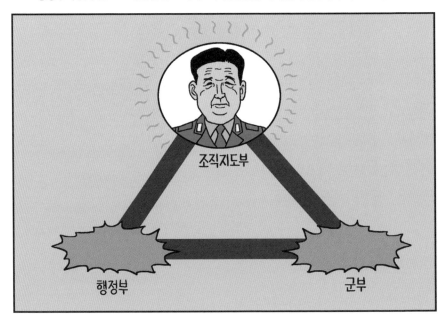

당장 조직지도부 부부장들 가운데도 서열이 낮던 부부장 황병서가 총정치국장 자리를 꿰찬 채 표면적 이인자로 부상한 것은 말할 것도 없거니와

행정부, 군부 할 것 없이 마음에 안 드는 자들을 모두 숙청시킨 조연준 부부장(그는 피의 숙청을 진두지휘한 저승사자로 불린다) 이 새해 금수산 궁전 참배에서 맨 앞줄에 선 것도 그렇고,

애초부터 김정은 정권의 이인자로 일컬어지던 김경옥 또한 조직지도부 출신이라는 사실에 비추어볼 때, 현재의 북한은 완전히 조직지도부가 장악했다는 것을 알 수 있다.

나는 새도 떨어뜨린다는 북한의 최고 권부, 너무 권한이 커 다른 부서와 달리 수십 년간 부장을 두지 않아 왔다는 조직지도부.

그 총책인 황병서가 어린 김정은에게 꿇어앉거나 쪼그린 채 보고하고 있는 모양새는 김정은의 권위를 한껏 올려 보이려는 연출된 행위일 가능성이 높은 것이다.

철의 장막 건너편 북한의 투영도는 누구도 그릴 수 없지만,
언뜻언뜻 드러난 사실의 예지적 조합은 괴물 김정은에 대해 이런 시각을 제공한다.

FILE 6

태조 이성계는 어떻게 죽었을까

함흥차사의
숨은 사연

아주 오래전 일이다.

오랫동안 글을 떠나 있던 내가
이래선 안 되겠다는 생각을 하고
찾은 곳은 오대산 기슭이었다.

처음에는 아예 월정사든 상원사든 절에 들어가기로 작정하고 오대산을 찾아갔지만,
막상 절에 당도해 이모저모를 생각하는 사이 내 마음은 조금씩 약해지기 시작했다.

절에 잘못 들어갔다가 글이 잘 안 된다면 그때는 감옥 생활과 다름없을 것 같았다.

스트레스를 풀려면 가끔 술도 마셔야 하고
때로는 고기도 먹어야 하고

하하하하…

어쩌다 편안한 사람들과
시시콜콜한 얘기도
주고받아야 하는데,

요사채에 가부좌를 틀고 앉아 하루 종일 절체절명의 고독만을 마주 대하고 있어야 한다면

글은커녕, 내 자신이 폭발해버릴까 봐 우려스러웠던 것이다.

모양은 좀 그랬지만 나는 결국 민박집에 둥지를 틀기로 결심하고 그중 좀 외떨어지고 분위기도 조용해 보이는 민박집 하나를 골라 아예 석 달 치 방값을 선불로 지불했다.

별로 손님이 없던 시기에 석 달 치 방값을 한꺼번에 내놓자 주인은 나를 칙사처럼 대접했다.

나는 주인의 배려로 그 집 아들이 쓰던 책상을 하나 얻어 그 위에 노트북을 놓고 앉았다.

그 무렵은 IMF가 닥쳐 사람들의 삶이 도탄에 빠진 때라 나는 그들의 마음을 위로하고 힘을 주는 한편, 곧 닥칠 증권시장 개방에 따른 국제 핫 머니의 위험을 알리고 대비해야 한다는 메시지를 담은 소설을 쓰려 했다.

국제 핫 머니

한동안 월정사 부근의 산길을 산책하며 다양한 플롯을 생각했다가 허물어버리길 수없이 했는데, 독자들이 쉽게 이해할 수 있는 경제소설을 쓴다는 게 그리 만만치는 않았다.

그런 경제소설은 대중이 소화하기 어려울 것 같아 나는 어떤 방법으로 소설을 쉽게 풀어 쓸 것인가를 고민하고 있었던 것이다.

나는 이십대 초반에 진리를 얻기 위해 할 수 있는 건 뭐든 다 해보려 한 적이 있었다.

진리

사람이 쓴 책이라면 그게 어떤 분야를
다룬 것이든 모두 다 읽어보자는 집념으로
몇 년간 미친 듯이 책을 읽었던 적도 있었고,

아무것도 먹지 않고 잠도 자지 않은 채
오직 깨끗하고 경건한 마음으로 끝없이
나 자신의 내면 안으로 들어가보기도 했었다.

그러다 보니 어느 때는 자연과의 교감 상태를 넘어 정신이 혼미한 지경까지 가기도 했는데,
나는 선지식이 없는 정신 공부는 위험하다는 생각 끝에 그런 쪽을 접은 적이 있었다.

오랜만에 산사 주변에서 사람을 피한 채 깊은 생각에 사로잡히다 보니
어느새 내게는 젊은 시절의 그 신기(神氣)가 되살아난 것 같았다.

나는 어느 때는 민박집으로
돌아가지 않고 산에서 밤을 새며
생각에 빠지기도 했다. 그렇게 깊은
생각을 하다 보니 현재의 어려운 나라
사정을 걱정하게 되었고 그러다 보니
자연스럽게 역사를 관통해온 나라의
운명 같은 것을 더듬어보게 되었다.

그때 문득 내 머리에는 우리나라의 지도자들은 모두 끝이 안 좋았다는 생각이 스쳐갔고, 그러다 보니 나라의 힘이 모이지 못했다는 생각이 들었다.

생각해보면 조선조부터 현대에 이르기까지 왕이든 대통령이든 끝까지 잘된 지도자를 찾아보기가 정말 어려웠다. 곰곰이 그 이유를 생각해보던 나는 왕권이나 정권을 둘러싼 나쁜 전통이 우리 역사 속에 흐르고 있는 것은 아닐까 하는 데 생각이 이르게 되었다.

박정희 명성황후 사도세자 단종

나는 부인을 흉탄에 잃고 자신 역시 변사한 박정희 대통령부터 시작해 일인들에게 불태워진 명성황후,

뒤주 속에서 갇혀 죽은 사도세자와 삼촌에게 죽은 어린 단종에 이르기까지 한 사람 한 사람의 영혼을 위로하는 기도를 시작했는데, 유독 한 사람에 이르러서는 나의 마음이 편해지지 않았다.

그는 바로 태조 이성계였다.

◀ 태조 이성계

이미 죽은 사람이 무슨 기를 뻗칠 리가 없는지라 그 이상한 기운이 무엇인지 의아해하며 석연치 않은 의구심을 품은 채 영혼을 달래는 기도를 계속했다.

그럼에도 좀처럼 마음이 가라앉지 않았고, 나는 밤이 깊도록 그에 대한 생각에서 벗어나지 못했다. 그런데 그때였다. 나는 갑자기 뒤에서 누군가 나를 보는 듯한 느낌에 뒤를 홱 돌아보았다. 물론 빈방 안에는 아무것도 없었는데, 그때 불현듯 뇌리를 스쳐가는 한마디가 있었다.

# 함흥차사

나는 비로소 그 순간 태조 이성계의 한(恨)을 훔쳐본 것 같은 느낌이었다.

함흥차사(咸興差使)란 조선 태조 이성계가 두 차례에 걸친 왕자의 난에 분노하여 왕위를 정종에게 물려주고 함흥으로 가버린 뒤,

정종에 이어 왕이 된 태종(이방원)이 아버지의 노여움을 풀고자 함흥으로 여러 번 사신들을 보냈지만, 이성계는 그 사신들을 죽이거나 잡아가두고 보내지 않아, 한번 함흥에 차사로 가면 감감무소식이 된다는 데서 생겨난 고사였다.

나는 그 고사 속의 비밀을 훔쳐본 셈이었다.

咸興差使

나는 종교나 무속에서 얘기하는 영혼을 믿지는 않는다. 하지만 이 세상에는 억울한 사람이 있고 억울한 사연도 있는 법이다.

상대에게 영혼이 없다 하더라도 이런 억울함이나 한을 풀어주는 것은 누군가 해야 할 일이라고 생각한다.

나는 그로부터 다시 하루 온종일을 함흥차사에 얽힌 비의를 생각하다가, 짐을 꾸려 돌아와서는 《조선왕조실록》을 확인했다. 비록 왕조실록은 그런 사실을 숨기고 있었지만 생각했던 대로 이성계는 매우 비참한 최후를 맞았다는 것을 느낄 수 있었다. 더군다나 그의 최후는 함흥차사라는 이야기로 500년 이상 덮여왔고, 따라서 그의 한은 너무나 오랫동안 풀리지 못한 것으로 여겨졌다.

나는 마침내 그로부터 구성의 영감을 얻고 소설을 쓸 수 있게 되었다.

IMF 위기로 도탄에 빠진 사회를 위해 뭔가 힘이 되는 소설을 쓰고자 했던 나는, 그에 더해 이성계의 한을 풀어주는 것을 접목시키게 되었던 것이다.

『하늘이여 땅이여』

그리고 마침내 나는《하늘이여 땅이여》라는 소설 속 주인공의 입을 통해 함흥차사의 비밀을 세상에 공개하기에 이르렀다.

함흥차사란 무엇인가요? 이태조가 자신을 찾아오는 사신들을 죽인다는 것인데, 그 궁극적인 뜻은 결국 함흥에 가면 죽는다는 것 아닌가요? 그런데 과연 누가 죽일까요? 이태조가 죽일까요?

명궁인 이태조가 활을 쏘아 죽인다는 것 아니오?

《하늘이여 땅이여》 중에서

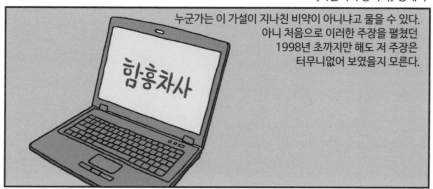

누군가는 이 가설이 지나친 비약이 아니냐고 물을 수 있다.
아니 처음으로 이러한 주장을 펼쳤던
1998년 초까지만 해도 저 주장은
터무니없어 보였을지 모른다.

그러나 우연인지 필연인지 이후부터 당대를 다루는 여러 역사드라마에서 저러한 나의 주장에 맞게 태조와 태종의 관계가 설정되는 것을 보고 사람들의 인식이 바뀌었다는 것을 확인할 수 있었다.

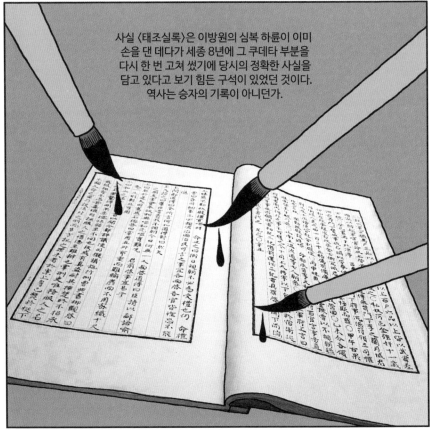

사실 〈태조실록〉은 이방원의 심복 하륜이 이미 손을 댄 데다가 세종 8년에 그 쿠데타 부분을 다시 한 번 고쳐 썼기에 당시의 정확한 사실을 담고 있다고 보기 힘든 구석이 있었던 것이다. 역사는 승자의 기록이 아니던가.

현대사에도 유사한 예가 있다.
노태우는 대통령이 되자
전두환을 백담사에 유배시켰다.

사람들은 누구도 백담사에 유폐된 전두환을 쉽게 찾아가지 못했다.
권력에 의한 유폐란 필연적으로 방문 금지를 포함하는 것이다.
사람들이 늘상 다닌다면 그건 더 이상 유폐가 아닌 것이다.

함흥차사란 말을 보면 유폐의 냄새가 짙게 난다. 그 비의는 이성계가 아무도 만나지 않았다는 것인데, 이것은 유폐의 전형인 셈이다.

당시의 유교 사회는 충과 효가 으뜸의 가치인데, 이방원은 자신이 아버지를 함흥에 유폐시킨 채 사람들과의 접촉을 차단하고 있다는 사실에 큰 부담을 느꼈을 것이다.

불충

불효

◀태종 이방원

하지만 사람들이 자유롭게 그를 찾게 내버려두는 것은 너무 위험한 일이 아닐 수 없었다.
그래서 퍼뜨려진 소문이 바로 함흥차사였을 것으로 나는 생각한다.

무엇보다 이 함흥차사는 권력이 어떻게 진실을
막고 역사를 왜곡하는가를 보여주는
아주 적나라한 예이기 때문에, 역사학자뿐만 아니라
수많은 현대의 왜곡 보도 속에서
진실의 실체에 다가서고 싶어 하는 사람들에게
좋은 공부거리가 될 것이라 믿는다.

FILE 7

한자의 주인은 과연 누구인가

문자의 기원을
둘러싼 역사 전쟁

1899년 중국 역사상 최대의 발굴단이 현지로 발걸음을 향했다. 오랫동안 숱한 수수께끼를 뿌려왔던 허난성 안양현에 위치한 은허의 발굴이 드디어 이루어진 것이다.

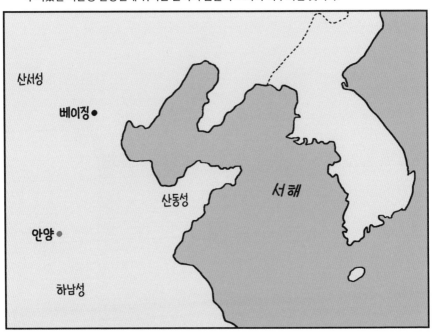

발굴단의 규모는 어마어마했다. 베이징대학교를 중심으로 한 중국 유수의 대학에서 선발된 고고학 및 인류학, 역사학 교수들과 연대 측정 전문가들, 서지학자들, 심지어는 인골 감정 전문가들까지 망라된 대규모 발굴단은 세상이 깜짝 놀랄 만한 뉴스를 연일 숨 가쁘게 토해냈다.

모든 뉴스 중 압권은 3,000년 이상 덮어쓰고 있던 흙을 털어내고 세상에 모습을 보이는 고대의 글자, 바로 갑골문이었다.

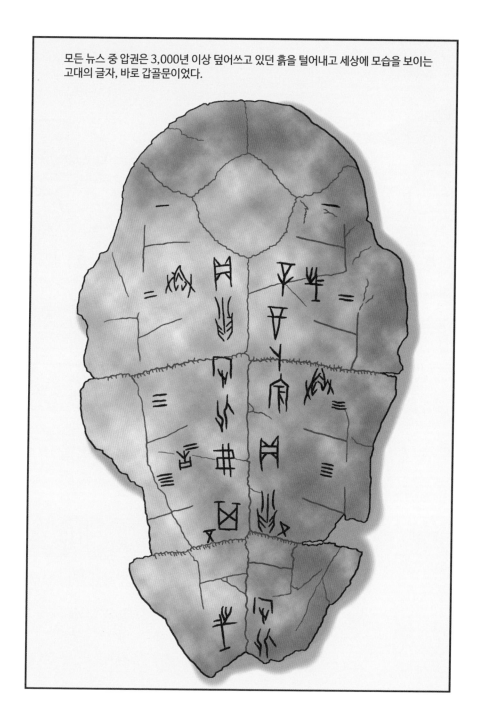

거북이 등껍질과 소 어깨뼈에 쓰인 수많은 글자에 발굴단은 아연 경악했고 걷잡을 수 없이 흥분했다.

그중에는 쉽게 알아볼 수 있는 하늘 천(天), 사람 인(人), 임금 왕(王) 같은 글자도 있었고 동녘 동(東)이나 가을 추(秋)와 같이 좀 복잡한 글자도 있었지만, 출토된 글자는 분명 한자였고 그중 수백 자는 누구나 첫눈에도 쉽게 알아볼 수 있었다.

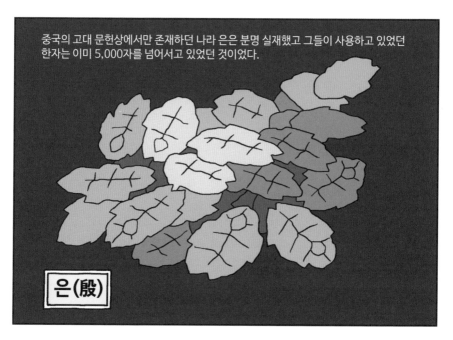

중국의 고대 문헌상에서만 존재하던 나라 은은 분명 실재했고 그들이 사용하고 있었던 한자는 이미 5,000자를 넘어서고 있었던 것이었다.

은(殷)

위대한 황하 문명의 실체에 모든 중국인들이 들떠 환호하고 있을 무렵, 정작 은허의 발굴지에서는 한 무리의 전문가들이 심각한 표정으로 이맛살을 찌푸린 채 고개를 가로젓고 있었다.

우리나라의 안호상 문교부 장관은 재직 시절 대만에서 중국의 문호 임어당을 만난 적이
있었다. 같이 저녁을 먹는 자리에서 안 장관은 당시 한글 전용이냐, 한자 병용이냐로
시끄럽던 국내의 상황을 빗대 이와 같이 농담을 던졌다.

사실 임어당뿐만 아니라 한자의 기원을 연구하는 학자들은 대개가 한자의 주인공을 한족이
아닌 동이족이라 주장하고 있다. 물론 그 근거는 위에서 살펴본 바와 같이 은허의 발굴, 즉
고고학에서 찾고 있다.

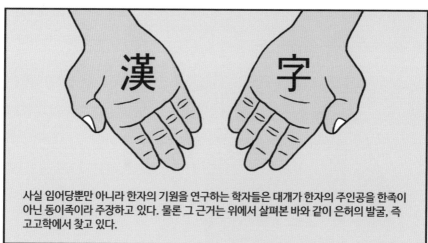

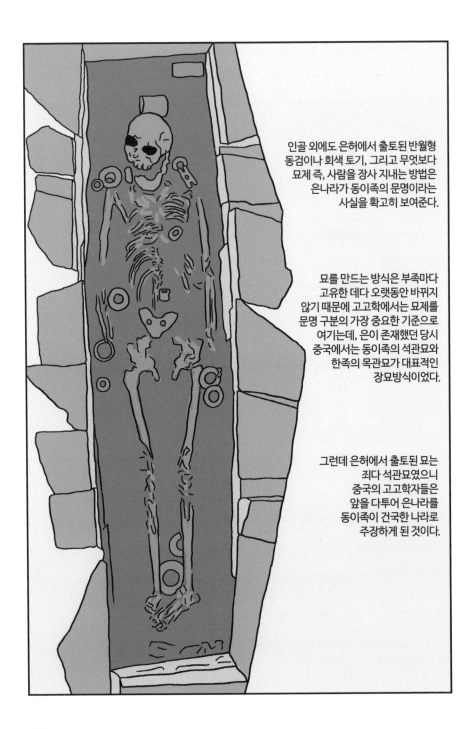

인골 외에도 은허에서 출토된 반월형 동검이나 회색 토기, 그리고 무엇보다 묘제 즉, 사람을 장사 지내는 방법은 은나라가 동이족의 문명이라는 사실을 확고히 보여준다.

묘를 만드는 방식은 부족마다 고유한 데다 오랫동안 바뀌지 않기 때문에 고고학에서는 묘제를 문명 구분의 가장 중요한 기준으로 여기는데, 은이 존재했던 당시 중국에서는 동이족의 석관묘와 한족의 목관묘가 대표적인 장묘방식이었다.

그런데 은허에서 출토된 묘는 죄다 석관묘였으니 중국의 고고학자들은 앞을 다투어 은나라를 동이족이 건국한 나라로 주장하게 된 것이다.

중국의 학계로서는 차마 받아들이기 어려운 사실이라 은허 발굴 이후 깊은 침묵과 고뇌가 이어졌다. 하지만 양심적 학자들이 자신의 소신에 따라 연속으로 연구 결과를 발표했다. 동이족이 동북쪽에서 내려와 기원전 1,500년 무렵 은나라를 건국하여 약 500년간 살다 주나라에 의해 멸망하자, 자신들의 고향인 동북쪽으로 되돌아갔다는 동이의 은나라 건국설은 지금와서는 기정사실로 받아들여지고 있다.

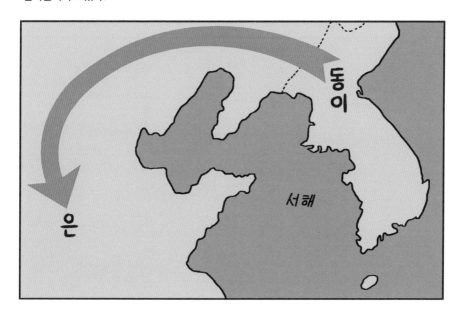

은의 주인이 동이족이라는 사실은 현대의 고고학적 발굴 이전에도 드물지 않게 기록에 의해 주장되고 있던 터였는데, 사마천 또한 그의 저작《사기(史記)》에서

'은나라는 동이족(東夷族)의 나라이고 주나라는 화족(華族)의 나라이다. 또한 동이는 대륙의 동쪽에, 화하는 서쪽에 있다'

라고 기록하며 한족의 주나라가 먼 거리를 이동해 동이족의 은나라를 멸망시켰음을 시사하고 있다.

그러면 한국인의 조상으로 일컬어지는 동이족은 어떤 뿌리를 가진 사람들일까.
메소포타미아 지역에서 최초로 문명을 이룬 인류 중 일부가 서쪽으로 이동해
이집트 문명을 이루었고, 차츰 동쪽으로 이동한 사람들이 인더스, 갠지스 문명을 이루고
다시 조금 더 동쪽으로 이동해 황하 문명을 이루었다고 보는 것이 4대 문명론이다.

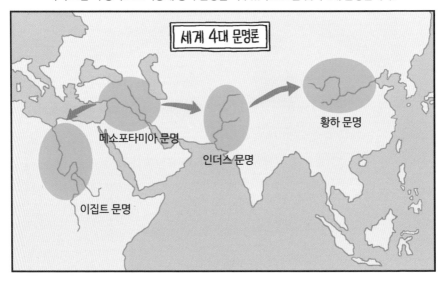

세계 4대 문명론

메소포타미아 문명

인더스 문명

황하 문명

이집트 문명

그러나 이 4대 문명론은 최근에 와 거센 도전을 받고 있는데, 그 이유는 바로 최근에 뚜렷이 드러난 '요하 문명' 때문이다.

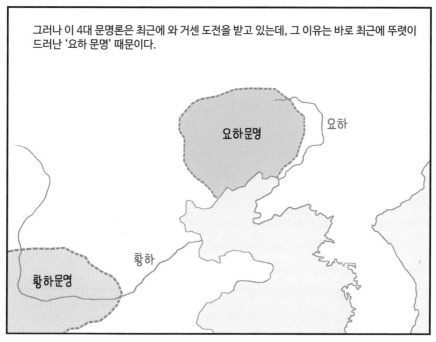

요하 문명의 주인공은 황하 문명에서 건너온 사람들이 아니라 인류의 이동 초기 메소포타미아에서 직접 이동해왔고 그 시기도 황하 문명보다 빨랐다고 하는 것이 요하 문명의 핵심이다.

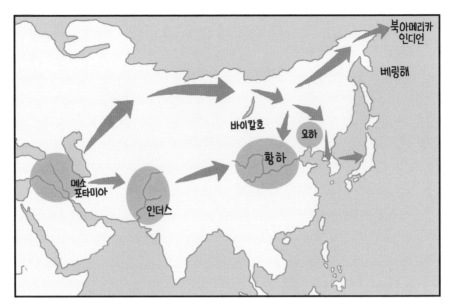

즉 인류의 이동 초기 메소포타미아에서 동진한 사람들만이 있는 게 아니라 북으로 올라가 시베리아를 걸어 동진한 사람들이 있고, 이들은 바이칼 호수를 거쳐 북중국과 만주, 한반도, 일본 열도에 정착했으며 일부는 베링을 지나 아메리카 인디언이 된 것이다.

하지만 오랜 세월을 거치는 동안 동이족은 거의 모두 한족에 흡수되어 버렸고 우리 한국인들은 동이의 현존하는 후예로서 과거의 역사와 문화를 제대로 밝혀야 할 책임이 있는 것이다.

그러면 어째서 동이족이 한자를 발명했음에도 지금에 와서 한자는 당연히 한족의 글자로 여겨지게 되었을까?

아니 그 이전에 동이족의 나라 은은 어째서 한족의 나라로 수천 년 동안 여겨져왔을까?

물론 심대한 역사 왜곡이 있었던 것이다. 그 왜곡의 중심에 서 있는 인물은 놀랍게도 성인 공자(孔子)다. 사실 일본의 식민사관보다 무서운 게 중국의 춘추사관이다. 세상을 오로지 한족 중심으로만 보는 춘추사관을 확립한 사람이 바로 공자이기 때문이다.

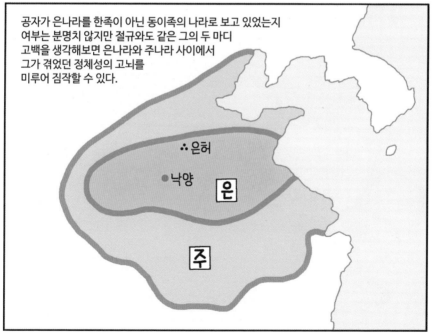

공자가 말년에 한 말로 그가 은나라의 동이족과 주나라의 한족을 같은 민족으로 여겼다면 나오기 힘든 고백이다. 또한 그는 젊은 시절 주나라 수도 낙양을 가보고는 감동하여 "나는 주나라를 따르련다(吾從周)!"고 결심한다. 이 역시 은나라 유민으로서 핏줄을 따를 것이냐, 아니면 현실을 따를 것이냐의 고뇌를 담은 한마디 절규이다.

방황 끝에 마음을 정한 공자는 이전까지 아무도 손대지 않은 고대사를 자의적으로 편집해 《서경》, 《춘추》 등의 역사서를 남겼다.

그의 역사관은 사건을 있는 그대로 기록하는 데 치중하기보다는 확고부동한 자신의 시각에 따라 사건을 배열하거나 만들어내기조차 한 걸로 보인다. 특히 왕조의 흥망과 관련해서 심한 왜곡이 보이는데, 이것은 그의 중심사상인 충(忠)이 갖는 현실적 모순 때문이다.

백성은 군주에게 충성해야 하는데 만약
군주가 자질이 엉망이면 어떻게 해야 하는가
하는 문제에 대해 그는 매우 고심했다.

신하든 백성이든 군주에게 충성해야 할 사람들이 그 군주의 자질을 판단한다면
충이란 사상은 성립하지 않기 때문에, 그는 오랜 고심 끝에 유학이라는 현실적 학문에
신(神), 즉 하늘을 접목시켰다.

신하와 백성은 군주의 자질이 엉망일 경우에도 충성해야 하며, 정말로 형편없는 군주는 하늘이 천명을 내어 교체한다는 이론을 만들어낸 것이다.

이 이론에 따라 그는 망하는 나라의 임금은 반드시 엄청난 학정을 펴는 폭군이고

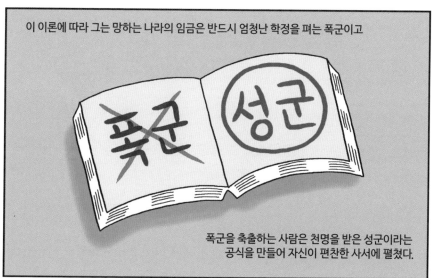

폭군을 축출하는 사람은 천명을 받은 성군이라는 공식을 만들어 자신이 편찬한 사서에 펼쳤다.

이 공식에 따라 하나라의 마지막 왕 걸은 천하절색의 요부 말희에 빠져 국정을 도탄에 빠뜨린 폭군이어야 했고, 은나라의 마지막 왕 주 역시 악녀 달기에 미혹돼 주지육림의 학정을 편 자라야 했다.

하나라를 멸망시킨 탕과 은나라를 멸망시킨 주나라 무왕이 성군으로 기록되었음은 물론이다.

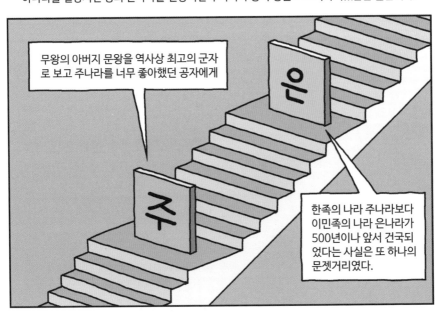

무왕의 아버지 문왕을 역사상 최고의 군자로 보고 주나라를 너무 좋아했던 공자에게

한족의 나라 주나라보다 이민족의 나라 은나라가 500년이나 앞서 건국되었다는 사실은 또 하나의 문젯거리였다.

나라의 창건을 하늘의 뜻으로 본 공자는 국가의 권위와 정당성을 '오래된 것'에서 찾았는데 대륙에 최초로 만들어진 나라의 주인공이 동이족이라는 사실과 정면으로 충돌하고 있는 것이었다.

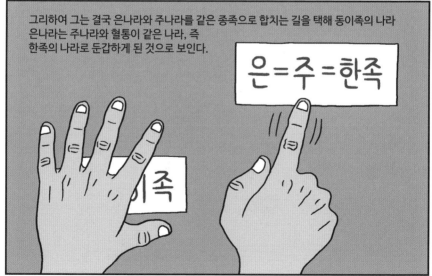

그리하여 그는 결국 은나라와 주나라를 같은 종족으로 합치는 길을 택해 동이족의 나라 은나라는 주나라와 혈통이 같은 나라, 즉 한족의 나라로 둔갑하게 된 것으로 보인다.

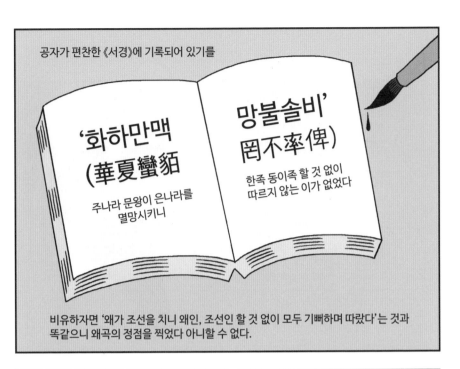

공자가 편찬한《서경》에 기록되어 있기를

'화하만맥
(華夏蠻貊

주나라 문왕이 은나라를
멸망시키니

망불솔비'
罔不率俾)

한족 동이족 할 것 없이
따르지 않는 이가 없었다

비유하자면 '왜가 조선을 치니 왜인, 조선인 할 것 없이 모두 기뻐하며 따랐다'는 것과
똑같으니 왜곡의 정점을 찍었다 아니할 수 없다.

그리하여 공자의 제자들은 스승을 무한
존경하면서도 스승의 역사 기록은
믿지 않았으며

서경

자공은 '은나라 주왕이 그리 폭군은 아니
었던 듯하다'는 표현으로 스승을
거역했으며

그리 폭군까진…

심지어 맹자는

《서경》을 믿느니
차라리 없음만 못하다!

라는 직설적 표현으로 공자의 왜곡을
비판하며 반대하고 있다.

그런데 우리는 고대사의 왜곡과 관련하여 공자라든지 중국인들만을 원망하고 있을 수는 없다.

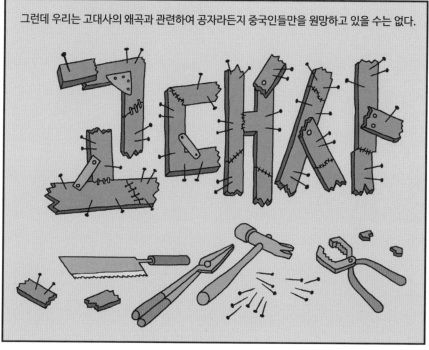

그들이 아니라 하더라도 우리나라는 운명적으로 춘추사관에 의해
역사 왜곡을 당할 수밖에 없는 절대적 이유가 있다.

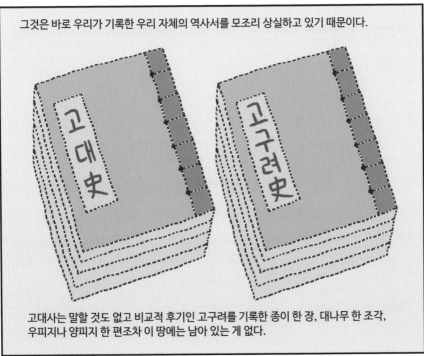

그것은 바로 우리가 기록한 우리 자체의 역사서를 모조리 상실하고 있기 때문이다.

고대사는 말할 것도 없고 비교적 후기인 고구려를 기록한 종이 한 장, 대나무 한 조각,
우피지나 양피지 한 편조차 이 땅에는 남아 있는 게 없다.

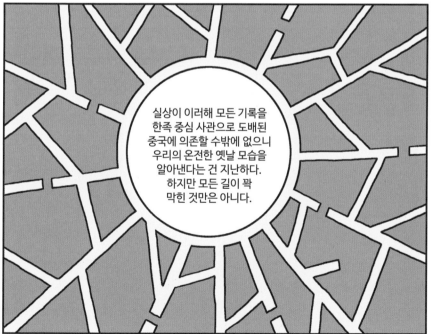

나는 우리 역사의 진정한 문제점은 과거의 기록을 상실했다는 사실에 못지않게
이 사회의 역사의식 부재에 있다고 생각한다.

조선 500년간 이웃 나라인 중국을 하늘로 보는 춘추사관, 이어진 일본의 지배와
식민사관, 그 후 군사독재를 겪으며 우리는 성숙한 문화적 내면적
의식을 크게 상실하고 현실적 가치에만 눈이 먼 채 인간을
너무나 왜소하게 보도록 길들여져 있다.

“돈이 최고”라든지 “돈 없으면 죽는다”는 등으로 표피적 현실에만 눈을 뜨고 있다 보니 보이지 않는 것의 중요성을 간과하고 있는 것이다. 문화와 역사는 눈앞의 물질보다 오히려 삶을 훨씬 가치 있게 하고 자신감을 북돋운다. 또한 사물을 정확하고 본질적으로 볼 수 있도록 하는 힘이다.

지금 이 순간부터라도 우리는 길들여진 의식을 벗어나 자각과 이성의 눈으로 역사를 보고 현실을 보아야 한다. 지구인 모두가 신뢰하는 '과학'의 눈으로 은나라를 보고 은자를 볼 것이냐, 아니면 공자의 제자들조차 부정하는 '춘추'의 눈으로 주나라를 보고 한자를 볼 것이냐는 질문은 목마르게 우리의 대답을 기다리고 있다.